解永敏 著

大河行地

——东明黄河滩区居民迁建纪实

山东文艺出版社

图书在版编目（CIP）数据

大河行地：东明黄河滩区居民迁建纪实/解永敏著.
—济南:山东文艺出版社，2021.3
ISBN 978 - 7 - 5329 - 6296 - 9

Ⅰ.①大… Ⅱ.①解… Ⅲ.①报告文学—中国—当代
Ⅳ.①I25

中国版本图书馆 CIP 数据核字（2021）第 023464 号

大河行地：东明黄河滩区居民迁建纪实

解永敏　著

主管单位	山东出版传媒股份有限公司
出版发行	山东文艺出版社
社　　址	山东省济南市英雄山路 189 号
邮　　编	250002
网　　址	www. sdwypress. com

读者服务	0531 – 82098776（总编室）
	0531 – 82098775（市场营销部）
电子邮箱	sdwy@ sdpress. com. cn

印　　刷	山东新华印务有限公司
开　　本	710 毫米 ×1000 毫米　1/16
印　　张	13
字　　数	206 千
版　　次	2021 年 3 月第 1 版
印　　次	2021 年 3 月第 1 次印刷
书　　号	ISBN 978 - 7 - 5329 - 6296 - 9
定　　价	52.00 元

人类的文明,是水的文明;
人类的历史,是江河的历史。

—— 题记

目 录

第一章
灾难与忧患

1. 看见的是黄河

有位作家曾经说过，上帝是吝啬的，也是慷慨的；上帝是偏心的，又是公平的。

的确，上帝很慷慨，上帝也很公平。

水能够孕育生命，上帝便将水洒向了人间，让水永远统治着地球，恣肆汪洋，浩浩汤汤。

水无论多么恣肆，无论多么柔软，依然是要讲规矩的。于是，上帝用河谷束缚住了水流，把水给了埃及尼罗河，给了印度恒河，给了美索不达米亚的幼发拉底河和底格里斯河。之后，上帝仁慈的目光扫描着东方大陆，扬起手来，又给了这片厚重的土地一条黄河。从此，这条巨龙彻夜不息地咆哮奔腾在神州大地上，苍苍茫茫，九曲回环，生生不息。

我无数次看见黄河，无数次被黄河的气势所震撼。

滚滚黄河水，是那样的质地柔软，却又有如此坚韧莽撞无坚不摧的力量。

一路东奔的黄河水，也并非只有"一头撞死不回头"的蛮力，碰到层层叠叠的阻物，便迂回旋转一番，再顺势折转身躯，继续不歇脚步，向着东方汩汩滔滔，一路前行。而入鲁之处的黄河，不但更能让人感受到其不可遏阻的冲撞力和宏伟气势，还能让人感受到她百折不衰的柔韧。

大河行地，以乐章的形式弹拨着人间的琴弦。

大河的故事，又是大地的故事，更是人类的故事。

大河流动的不仅是芜杂喧嚣的历史，还有色彩斑斓的民俗、风情、宗教，以及文化和艺术，更有灾难和忧患掺杂其中。某些时候，在这条大河行走之地，灾难和忧患大于文化和艺术，因为灾难影响了人们的生活，甚至剥夺了人们的生命，而对灾难中的人来说，文化和艺术显得虚无而高蹈。于是，我们感叹黄河气势磅礴文化灿烂的时候，还得更多地想到给我们的那些曾经的伤痛和悲怆。

不能不说，黄河这样一条万里巨川，像一个庄严而浩大的仪式，是一种天地造化。但黄河这条巨川，带给我们的灾难和忧患，又时时敲击着人们的心房，心房被敲击的人泪水涟涟，长哭当歌。因此，我们不得不仰问苍天，地球在造山运动中，大地重新塑形和黄河逐渐形成时，为什么要把灾难深深嵌于其中。

这也是很无奈的事。自然界的法则常常令我们手足无措，很多事情接受也得接受，不接受也得接受，黄河扔给人类的灾难，人类只能伸开双臂接住，再想办法整治。不然，又能如何呢？

这是一个初春的午后，我站在黄河入鲁第一村的山东省东明县焦园乡辛庄村的村头观望黄河。本想在这里感受黄河的雄浑与壮阔，感受黄河在这里独有的弯道风景，却在几个村人的絮叨中，感受到了黄河一次又一次带给人类灾难的无奈。

黄河这条巨川奔腾 5464 公里，滋养了 75.2 万平方公里土地，同时也给我们出了无数道世纪考题和世界难题，比如高沙、悬河、改道、洪灾……

黄河一路向东，山东段从菏泽市东明县焦园乡的辛庄村始，自东营市垦利区终，黄河滩区的总面积达 1702 平方公里，涉及 9 个市、26 个县（市、区），居住人口达 60 多万。许多年来，黄河滩区人民频受黄泛之苦，自然条件太差，基础设施薄弱，发展能力受限。于是，黄河滩区居民迁建，成了解决这道世纪难题的重要举措。

东明为黄河入鲁第一县，历史上是一个可谓无所适从的县。最早的时候，东明不叫东明，而称之为"东昏"，王莽篡汉时才改了过来。此后，经历了"三置二废"，自金、元、明、清至民国，一直属直隶省（今河北），1949 年新中国成立后先归平原省，1952 年平原撤省后划归河南省，1963 年又划归山东省。东明全境属黄河冲积平原，是历次黄河南、北改道的三角地带。或许正是黄河的频繁决口改道，让这个古老的县境也不断改头换面。

"看见了黄河，也就想起了黄河曾经留给我们的灾难和忧患。我这个年纪的人经历的还少一些，那些上了年纪的老人谁没经历过十次八次的洪水泛滥和房台重筑房屋重修啊！"

说这话的，是东明县焦园乡辛庄村年轻的党支部书记李占胜。

38岁的李占胜，可谓听着黄河的涛声长大，但留在内心里最深刻的却是一次又一次的洪水泛滥。他说那样的记忆太过深刻，想忘记都忘记不了。

东明县曾经有着"坐地不动归四省"的说法。究其原因，还是濒临黄河之故，因居于多省交界处的独特地理位置，政府为方便行政管理和黄河治理的需要而变化。而东明县的焦园乡，是黄河入鲁第一县中的第一乡，全县12万余黄河滩区迁建人口，仅焦园乡就有4.3万多人。焦园乡的辛庄村，则又是黄河进入山东经过的第一个村庄，村子距离黄河仅有一公里多，地处河南和山东两省交界，有"犬吠听两省，鸡鸣闻三县"之说。该村村东与河南兰考县谷营乡双楼村相望，村南与兰考县谷营乡姚砦村和岳砦村为邻，村北则与兰考县谷营乡李门庄村接壤。

"无论从北边、东边还是南边进入我们辛庄村，都得经过人家河南省兰考县的土地，而且我们辛庄村的西面是黄河，与河南省的长垣县隔河相望。咱们现在站的这个位置，除了这条路以外，其他三个方向都是人家河南省的地界，看上去就像是一个口袋，把我们辛庄村实实在在地装在了里面。"李占胜告诉我，辛庄村历史上曾经隶属河南省，后来因为引黄灌溉的缘故，又被划归了山东省，是山东省最西南角的一个村庄。因此，辛庄村被称为"黄河入鲁第一村"。

以前，辛庄村村内村外的道路都是歪斜的，所以村子原来的名字叫斜辛庄。由于处在鲁豫两省的交界地，辛庄里还有许多挺稀奇的事，比如在村委会的公示栏上，就看到了两张颜色不同的海报，一张是《菏泽市灾害民生综合保险明白纸》，一张是郑州商业中等专业学校的招生公告。一个村子，即便是张贴广告，也是两个省的都有。

李占胜说这根本都不算啥，"三面都被河南省包围着，我们村子里的手机信号都是用河南的，而且很多人都有两部手机，一部是河南的号，一部是山东的号。不出村子的时候用河南的号，出村子到县城或乡政府办事的时候用山东的号"。

黄河坝上的"1号"桩台，告诉人们从这里开始进入山东

在辛庄村里采访时，遇到好几位上了年纪的老人，老人们不仅说起曾经的洪水灾难滔滔不绝，还因为道路歪斜，把当地流行的一个传说说得头头是道。有老人告诉我，宋辽年间的时候，辛庄村距离宋都开封只有一百多里地，是一个战略要地。辽军大将白天祖在此摆下迷魂阵，后来被宋朝名将穆桂英给攻破了。

"此后，村子便产生了方向错位现象，在村内按道路走无法辨别方位，即使本村的人进到村子里，也很难找到东西南北。有些经常走村串巷的小商小贩，有时候在村子里要多次迂回，才能找到出村的路。"李占胜说。

"黄河入鲁第一村"这样的名号，本应该与一道灿烂的风景相联系，但与辛庄村的村民聊天，却没有一个人对这里的风景感兴趣。因为黄河水的每一次漫滩，都影响着这个村子的命运。无论问到哪个村民，说得最多的都是垫房台、建房子，从语气中就能感受得到，大家对黄河泛滥的洪灾无可奈何。

有老人说，黄河冲出陕西，过山西、河南，挟带着大量泥沙，滚滚黄水自西而来。到达东明后，早已高出地面成为一条悬河。再加上沉沙严重，水道易堵塞，决堤之事便时有发生，百年间大小决口不可计数。雨季，河水漫灌，积涝成灾，汪洋一片。待到旱季，汪洋退去，沉淤暴晒，滩地干涸，能绽开半丈

6

的龟裂纹，再加上当地风灾肆虐，漫天黄沙纷纷扬扬数十里。到春秋季节，大风一刮，黄沙漫天，打得人睁不开眼，而且那沙子极细，从瓦棱、门缝、窗棂间能轻而易举地钻过，好像与空气化为一体似的。房门当然也就没法开了，那窗缝间便用草纸封着，做饭时都不敢揭锅。大风过后，举目望去，黄沙一望无垠，低矮的茅草屋多半被沙土掩埋半截，甚至路上行人被活埋在土里的事都时有发生，此中艰苦也真是不堪言谈。

据了解，东明县境内黄河河道长76公里，滩区涉及7个乡镇（街道），滩内常住人口达12万之多，2017年统计有贫困户3433户、12612人，占全县贫困人口总数的26%。过去几百年间，人们在这里世代耕作，繁衍生息，黄河洪水是他们的心腹之患。历史上，防御洪水，各自为战，家家高筑房台，常常一户人家就是一个"孤岛"。即便是拼出了身家性命，花了几年工夫筑起来的房台，依然经不住洪水的冲刷。洪水一淹，地基就松动，地基一松动，墙裂梁歪，房子住不了几年也就塌了。因此，在黄河滩区，盖房尤为不易。挣了钱，就拉土，拉了土，就筑房台，洪水冲毁了，再拉土，再筑房台。许多年来，黄河滩区盖房成了农民致贫的主要原因。

历史资料显示，1950年至今，山东省黄河滩区遭受不同程度的洪水漫滩达20余次，累计受灾人口660多万人次。

在东明县偌大的黄河滩区采访，许多人记忆中最近的一次是2003年9月18日的那场洪水。由于上游河南省一个县的生产堤坝决口，东明县境内的247平方公里的滩区被大水淹没，焦园乡、长兴集乡两个乡镇的135个村庄近10万人被水围困，20多万亩秋季作物颗粒无收。

历史的片段像一帧帧画面在许多人脑海里闪回，他们脸上的神色是悲怆的，也是痛心的。

关于黄河的历史，花园口事件更是特别沉重的一页，酿成了1250万人受灾、391万人流离失所、89万人死亡的空前灾难。由此，便说到了辛庄这个地方今后的安全问题。

"黄河会从这里开口子吗？"我问。

"开口子？"有老人听我这样问，表情很诧异。

"是啊，黄河难道从来都不开口子？"我继续问。

"黄河在我们这个地方根本都不是开口子的问题，是漫滩，一旦黄河水漫了滩，整个滩区那都得遭水淹，淹得可是够够的。"老人说。

很显然，每一次大水漫滩，这样一条大河仿佛就是突如其来，像诗仙李白那两句劈头盖脸的诗："君不见黄河之水天上来，奔流到海不复回。"

毋庸置疑，诗仙李白早已习惯了屹立于高山之巅，在某种巅峰状态中俯瞰这条大河，而这样一条万里巨川带给他的又是极大的震撼，还有生命的极大快感。但这从天而降的黄河之水，带给东明县滩区人的却是另一种震撼，以及说不尽道不完的苦难。

当我们有机会在黄河发源地仰望巴颜喀拉山斑驳的积雪，俯瞰卡日曲河谷和约古宗列盆地穷窘寒碜的草地时，似乎很难想到黄河中下游滩区会一次又一次地遭遇灾难。

其实，黄河滩区的灾难与黄河发源地的景象很难同日而语。

黄河发源地听不到这样的叹息，而黄河中下游滩区灾难降临时却充斥着人的喊叫和号哭。那样的喊叫和号哭，撕心裂肺，悲伤之极。听一次，就像一把刀子在心脏上扎一次。一次又一次，谁能受得了？

72岁的李进成是辛庄村小学的退休教师，他说无数次的洪水肆虐留给他的每一次记忆都是痛苦的。他告诉我，村子里很多年前就流传着一首民谣，那民谣说得很寒心，也很凄凉，更很真实："家家户户泡了汤，台陷房倒人心慌；近在咫尺难相助，招手无言泪汪汪。"

李占胜说，辛庄村还有一个名号：掉河村。

何为"掉河村"？

很多地方恐怕寻不到这样一个词，而在辛庄一带随便一说大家都知道。就是好好的一个村子，说不定什么时候就掉到黄河里去了。

1958年发大水的时候，辛庄村的老村就整个掉进了黄河里。现在的辛庄村，是后来重建的。站在黄河岸边，李进成指着奔腾的黄河水说："看到黄河中间流水最汹涌的那个地方了吗？那里就是我们的老村址，已经掉进黄河里六十多年了，外地人可能怎么想都想象不出当时的情景。"

李进成还告诉我，黄河那岸原来还有辛庄村的3000多亩土地，村人们种地时都是划着小船过去，庄稼收获的时候也是在那岸打场，等打完了场粮食装好了麻袋，再一袋一袋地划着船运回来。然而，那岸属于河南省长垣县地界，1980年黄河又改了一次道，把河那岸属于辛庄村的3000多亩土地一下子从中间给冲开了。

在辛庄采访，很多人都说到了2003年的黄河洪灾。

对于那场洪灾，虽然已过去了17年，许多人依然记忆犹新。

70岁的辛庄村民调主任陈思温，却不认为那场洪灾有多厉害，他说和原来的洪灾比起来，那样的洪灾都不怎么是个事，历史上比这厉害的有很多次，记忆深刻的就有1958年、1974年、1975年、1996年的几次黄河洪灾。

"俺就曾经跑到人家院子里睡过老人的棺材板，而且一睡就是一个多月。"陈思温说。

说起自己的经历，陈思温说完全能用"苦难"两个字来概括。而且"苦难"在他70年的人生之路上占据着太多份额。1958年那次发大水时，陈思温还不到10岁，半夜里正睡着觉，突然听到外面有人大声喊黄河发大水了，一家人立马爬起来往外跑，刚刚跑出村子，大水就把所有房屋和屋里的所有东西全部吞没了，整个村子也就瞬间掉进了河里。

这就如同李进成所说，老村子本来离着黄河还有500多米远，汹涌的黄河水却像一把锋利的尖刀，一点点往里划拉，到最后就把整个村子全部划拉到黄河里面去了。

在辛庄一带，人们最害怕的就是村子掉河。

"各家喂养的牛、马、羊和其他畜禽，尸体随水漂流，每家每户的粮食和御寒棉衣、棉被，全部被卷进了洪水里。"陈思温说，当时的老辛庄村还比较大，有1800多口人，2500多亩土地，9个生产小队。按照上级的安排，所有人家都搬到了堤外安全的地方，也有的去投亲靠友。他记得搬去的地方是堤外的一个安置点，一个农家院子住进去28户人家，100多口人，大家一块吃大食堂，在那里一住就是一年多。

"刚到那个院子里的时候，那么多人根本住不下，只能凑合着住。东墙根放着一口老人备用的棺材。一般备用的棺材都是简单组装起来的，可以拆卸，等真用的时候再正规地组装好。因此，大人们把那口棺材拆开来，也就有了上下左右几块棺材板，每块棺材板上睡一个人。俺因为人小，和奶奶睡的是棺材上面的盖板。盖板窄，怎么睡都不得劲，可在那种时候也找不到更好的地方。没想到的是一块棺材板，在上面一睡就是一个多月。"陈思温说最不愿意回忆的就是一次又一次的洪灾，虽然记忆深刻，却总不愿意去想当时的情景，太过凄惨，太过冰冷，每每想起当时的情景就浑身打寒战。而这样的事，周围村子里的老人差不多都记得清清楚楚。所以，一直到今天，地势洼的村庄几乎家家都备有小船，当水患袭来的时候，大家首先把小船搬出来，想的是怎样逃命。

陈思温的孙子如今在村里的辛庄小学读书。我看到，这个位于鲁豫交界地的乡村小学，连个像样的操场都没有，6个年级只有9名教师。陈思温说每次说起来，都是一把又一把的辛酸泪。祖祖辈辈在这里生活，就不敢往高处奢想，只能想着在这样的地方如何生活得好一点，可想过来想过去，生活依然还是老样子。所以，大家都盼着居民迁建，尽快搬出这"一个穷字写八辈"的水窝子。

"俺都去看过好几回了，新村台上建着的学校真好，今后黄河滩区留住学校里的老师就不难了。"陈思温这样说着，又望了望放学归来在院子里蹦跳着的小孙子。孙子是陈思温的希望，孙子的希望在学校里。

每一次想象新村台上的新房子，想象新村台上的新学校，陈思温说他就禁不住地笑出声来。有时候，孙子望着他的样子不理解，说爷爷你病了？陈思温笑笑，说是有病了，幸福病哩。

有人说，长江构成了中华民族的南方血统，黄河则构成了北方血统，各占半壁江山。

也有人说，南方出文人，北方出帝王，文人因为长江，帝王因为黄河。

不错，黄河流域是孕育帝王将相的一块绝佳土壤。

但站在东明县"黄河入鲁第一村"的辛庄街头，能够听到不远处黄河里的涛声，却闻不到一丝一毫的帝王味道。对于大自然来说，几十年只是一瞬间，而对于人类，则足以把一个壮年变成一个两鬓斑白的老人。望着陈思温和辛庄村许多经历过无数次黄河洪灾的老人，望着辛庄村坑坑洼洼的街道，我感觉到的是无尽的苍凉。

2. 看不见的也是黄河

多少年来，黄河有多长，人类的泪水就有多长。

人类与黄河的风云际会，在时空中时常发生错位，这样的错位让无数人为之震颤。因此，曾有生活在黄河岸边的人写下这样的文字："黄河，一看见你，俺就想哭。哭自己的祖先，被席卷而去，消失在看不见头的黄水里；哭自己也将同样消失，连一朵浪花都不如；哭还会有别人，替身一样出现，站在俺空缺的位置上，继续哭。在黄河面前，人没啥了不起。哭着哭着，才发现自己不过是一只会流泪的动物，想到黄河里去洗洗手、洗洗脸，洗去一身的尘埃，染上一些土腥味，面孔或表情多多少少也会发生一些变化，既看见了前世，又看见了来生……"

多么悲壮的文字，多么悲壮的心境。

但中华民族，有着坚韧不屈的性格，敢与天斗、与地斗、与黄河斗。

几天前，在省城济南开往东明县的长途大巴上，我曾与邻座的一位朋友聊天，聊得同样是黄河洪水，是黄河滩区。

那位朋友50多岁了，身材魁梧，高高的个头，胖胖的脸面，黑黝黝的皮肤。我看他旁边放着一个鼓鼓的编织袋，手里还提着一个黑色皮包，便有些好奇，问他是不是从济南回东明。他看了看我说："是，回东明，回家。"我再问："你是东明人?"他笑了，说："是东明人，又不是东明人。"他的话让我有些诧异，

表面平静的黄河，发起疯来挡都挡不住

怎么是东明人又不是东明人呢？继续聊，那位朋友便敞开了心扉，告诉我他姓朱，是河南省兰考县谷营乡一个村庄里的人，谷营乡与东明县的焦园乡紧紧靠在一起，他们村与焦园乡的辛庄村只相隔着一节地。

"我们那里去济南办事或打工，一般都是到东明县城坐长途大巴，回来也是从济南坐长途大巴到东明，然后再从东明回谷营。"老朱说。

"你的口音和东明口音也差不多？"我说。

"离得太近，俺们谷营乡和东明的焦园乡虽然分属两个省，老百姓却感觉就像是一家人哩。去外地打工，两个地方的人见了面亲着呢，是纯纯正正的老乡啊。"老朱挺幽默，一边说一边爽朗地笑。

老朱说得很对，后来到"黄河入鲁第一村"的焦园乡辛庄村采访，67岁的村民郭二月就指着不远处的姚砦村幽默地说："俺们和他们虽然一个归山东省，一个归河南省，却也是掰不开的脚丫子哩，村子和村子之间连着的全都是亲戚，稍不留神就把闺女嫁出了省。当然，儿子娶媳妇同样也会弄个外省的来家里。"

老朱听说我要去东明县黄河滩区采访，立马聊兴大发，说历史上黄河泛滥给东明和兰考这边的滩区带来了很多伤痛，但黄河水能淹没耕地，却不能淹没文化和精神；黄河水能毁掉一个又一个的村庄，却也会留下一片又一片的肥沃土壤。因此，时至今日，谷营乡和焦园乡的乡亲们，仍然享用着这份精神力量和肥沃的黄土地。

"正是我们这一片区域的人许多年来对黄河洪灾不停地抵御，也就有了无坚不摧的精神力量。你想啊，那么大的黄河洪水都不怕，还有什么可怕的呢？当然，大家也都在心里不停地为自己祈祷。俺们附近的几个村子，无论属于东明县的还是属于兰考县的，差不多都在村里修有小祠堂，有的村子条件好，祠堂修得像模像样。每年从大年三十开始到正月十六，大家都陆续从各地前往祠堂祭拜，既是告慰祖先，也是在祈求新的一年风调雨顺和族人们平安健康，祈求大家免遭黄河水患之苦。"老朱这样说的时候，没再笑，而是叹息了一声，又叹息了一声。看得出，老朱想起了从前，想起了某次黄河洪水泛滥的情景。

在老朱的记忆里，谷营乡和焦园乡曾经发过三次大洪灾，他说印象最深的一次大水发生在1975年，水涨到一米多高，当时还没有柏油路，村街上积了一米多深的浑水，全都是泥巴汤子，村里的房台整体都很低，整个村子仅有一处高地被当作临时避水台，不少村民用浮木当船漂到那里避难。后来，解放军来了才将被困的村民救到了河堤上。

"那可真叫一个惊心动魄哩！"老朱说，"至今想起来还心有余悸。再仔细想想，这么多年，俺们这一带一直在和黄河水做斗争呢，可无论怎么斗争，黄河洪水来的时候依然人心惶惶。好在后来黄河上建成了小浪底工程，黄河洪水也就没再发过了，为什么上级早些年不把小浪底工程建起来呢？"老朱是个很有意思的人，这样问的时候他脸上呈现出略有所思的表情，然后又点点头说，"那时候国家穷啊！人们吃饭的事都解决不了，哪有钱去修这么大的水利工程啊！"

这样说着，老朱再一次叹息了一声。叹息过后，他说虽然小浪底工程控制得当，黄河水不再泛滥了，但这些年东明和兰考的黄河滩区一直存在着土地流失方面的安全隐患。"一块好好的土地，播种小麦的时候还是平平整整的，过了一段时间，水边的一溜地连带着长好的庄稼一下就被黄河水吞没了，而且这些年遭受黄河冲刷吞噬的土地面积越来越大。"

是啊，在黄河滩区采访，无论看见黄河的地方，还是看不见黄河的地方，大家说的差不多都与黄河有关。一条大河的深处藏着的是岁月，无尽的岁月又将一个又一个与洪灾有关的画面，从可知和不可知的时间里推到我们面前。

到东明县的第一天，我就走进了长兴集乡的找营村。

找营村同样是一个不大的村子，其行政村另辖有东水坑、西水坑、老水坑、小水坑、李老家5个自然村，有735户人家，2808口人，固定耕地6575亩，滩涂地面积3400余亩，一直以农业为主。

在找营村，我看到了许多人与黄河斗、与大自然斗的影子。

那影子里透露出来的，是一种倔强的气质和不屈的精神。

正如前面的老朱所言，黄河水能淹没耕地，却不能淹没文化和精神，文化和精神支撑着这方人战天斗地的英雄气概。

在找营村，看不见黄河，这里虽然是黄河滩区，却离黄河有点远，差不多有十几公里的路程，却看到了因为黄河造就的找营村和找营村的人。这样一个村子，和这样一个村子里的人，给人的感受同样是黄河的性格，不管有多么艰难，不管有多么困苦，他们始终勇往直前。

一下车，扑面而来的黄河风将脸打得隐隐作痛。环顾四周，发现村子里民房的模样都十分老旧。院子外面砌着不少石头和砖块，地基一家比一家高，走遍全村也没发现几座像样的新房。陪同采访的东明县委宣传部的王恩标主任说，黄河滩区的村子经常遭遇洪涝灾害，房子建了毁，毁了又建，早些年经济状况又不佳，人们拿不出多少钱来修建好房子，大多也只能是凑合而已。"当然，无论什么样的房子，房台一定筑得很高，否则洪水一来就得房倒屋塌。"

今年73岁的找营村村民刘进涛，是我进村后遇到的第一位村民。

我们乘坐的采访车刚刚在村子里停下，刘进涛就从一个挺高的房台上走了过来。他望了望我和王恩标主任，又望了望我们所乘坐的那辆不大的采访车，突然问了一句："是来了解房屋搬迁的吗？"

"想搬迁了？"我说。

"当然想搬迁，在这样的地方住了七八十年，早就想离开了。"刘进涛说。

"那边村台上不是正在盖新楼房吗，你们很快就要搬新居了啊。"我说。

"盼着呢，真是盼着呢！在黄河滩区住了一辈子，习惯了发洪水筑房台，也习惯了平日出门'沙满天'的情景，但还真没想到，这辈子竟然还有离开滩区、住上高高大大的新楼房的一天。"刘进涛说。

看到刘进涛急切的搬迁心情，我便和他聊起了这些年来的经历和生活。

刘进涛说自己有三个孩子：一个儿子，两个女儿。孩子们如今都早已成家，原来没成家的时候生活那叫一个难哩，想起来心里就寒寒的。

这样说着，刘进涛突然又问了一句："你见过院子里跑船吗？"

"没见过，你们跑过吗？"我说。

"跑了不是一回两回呢，俺活了这么大岁数，应该说跑了无数次呢。"刘进涛说。

"那是怎样一幅情景？"听着他的话，我略有所思。

"那可和在公园湖水里划船不是一回事，心里苦着呢。"刘进涛说。

这样说着，刘进涛带我们走进了他家的小院子。

刘进涛家的小院子和周边邻居家好像一座座孤零零的小岛，胡同两边筑着高高的房台，走在胡同里更像是走在一条深深的大沟里。

刘进涛这一辈子盖了五次房。他指着有三个明显阶梯的房台说，这是三次黄河发大水之后，三次垫高的房台和重建房屋时留下的印痕，每一次把房台垫高都需要一车一车地拉土，垫一层需要几个月的时间。尽管把房台垫得很高，2003年的时候，还是因为洪水的水位太高，他家的房子差一点儿就被淹塌了。

"房台虽然垫得很高，可每一次的洪水总是高过房台，所以生活在黄河滩区的人有说不尽的苦。"刘进涛说每一次黄河发洪水，村里的房子差不多都会被冲掉，每一条胡同都像一条河流，水深时有两三米，收拾东西或出去办事都要划着船。因此，发洪水的时候在院子和胡同里，还有村街上跑船是很正常的事。

说到这里，我不禁想到，水到底是什么？这液态的物质可以说是万物的创造者，是一切文明的孕育者。试想，世间如果真的没有了水，地球会是什么样子？会丑陋得像火星吗？还是像木星？甚或像月球？那将是何等的孤寂，何等的荒凉！然而，在东明县的黄河滩区，却又是因为这水，因为早些年黄河一次又一次的洪水泛滥，导致了无数悲情故事的发生。

此时此刻，我站在找营村的街头，虽然看不到黄河，眼前却像有宏阔的河面，一排排厚重的波涛气势磅礴地裂地而来，奔腾而去。灿烂的阳光下，大地苍茫，金涛拍浪，雄阔万里。黄河从远古和历史的深处终于走到了今天，终于被勇往直前的滩区人民扼住了可怕的魔爪……

3. 历史与现实：深奥命题里的赤子情怀

滔滔不绝的黄河，无论从历史还是现实的角度，都令无数人为之纠结。

有一句话说得好：泰山不让土壤而成其大，河海不择细流而就其深。黄河是中华文明胸襟宽广的象征，发源于青藏高原巴颜喀拉山北麓，干流全长 5464 公里，落差 4480 米，流域总面积达 75.2 万平方公里。从世界屋脊一路向东，穿越崇山峻岭，冲破重重阻隔，千折万转，奔腾不息，横贯中原大地，流入茫茫大海。

如果有机会去黄河上游看一看，便能发现那是一条从蓝天和白云中流下来的大河，那是一条碧波荡漾的大河，能看到水底的卵石，能看到清澈的流水中正在嬉戏的小鱼⋯⋯

世界上的江河原本都是这样清澈，可走过西北黄土高原的黄河却不再这样，开始变得浑浊，浑浊得像一条泥浆之河，像一条桀骜不驯的黄龙。当然，面对这条浊浪滚滚的黄龙，人们并没有觉得它污染了什么，甚或还会想到这是流水和高山大地亲热的结果，是一种天作之合，是大自然的馈赠。大自然在亿万年的运动过程中形成了自己的规律，我们没有理由责备大自然。但黄河的确在哺育了中华民族的同时，也展示了其桀骜不驯的一面，带给人们无尽的灾难。

据了解，从先秦到民国的 2500 多年内，黄河下游共决溢1500多次，大的改道26次，给两岸群众带来了深重灾难。"苟延残喘不得死，四面茫茫皆是水。积尸如山顺流下，孰是爷娘孰妻子"的诗句，是对过去黄河水害悲惨情形的真实描述。因而，黄河总是让人又爱又怕。

一个大晴天里，我再一次站在黄河岸边，望着滔滔奔腾的水面，一种让人睁不开眼的光芒，好像随着滔滔之水由高原上的太阳射向人间。这过于耀眼的光芒，让我下意识地想到一位曾经被比作太阳的伟人：毛泽东。

诞生于湘江之滨的毛泽东，却对北方的黄河关心有加。

黄河像一道深奥的题，一直吸引着毛泽东的目光。

熟读史书的毛泽东，深知黄河在治国安邦中的重要地位。

毛泽东一生曾多次萌生把黄河从头到尾走一遍的想法。还在延安时，他就同美国记者斯诺推心置腹地进行过几次长谈。一次，斯诺问毛泽东："如果您卸去了领袖的重任，最想去做的一件事是什么？"毛泽东深深吸了一口烟说："骑马沿黄河流域考察。"

新中国成立之初，毛泽东就放下手边繁忙的工作，专程去考察黄河。他的黄河之行，既展现了一个伟人治理黄河的气魄，也展现了人民领袖热爱人民的赤子情怀。

有资料表明，新中国成立之后，毛泽东第一次出京巡视便选定了黄河。从古城开封到悬河岸边，从邙山之顶到引黄渠畔，他一路察看防洪形势，询问治黄方略，展望大河的前景，活跃的思维一刻也没有离开过这条大河。

在河南省兰考县东坝头，这个一百年前黄河铜瓦厢决口改道的地方，面对危如累卵的悬河形势，毛泽东听说清道光二十三年（1843）黄河曾发生过一场特大洪灾，水势汹涌，尸漂遍野，灾情严重，留下了"道光二十三，黄河涨上天，冲走太阳渡，捎带万锦滩"的民谣。毛泽东关切地问："黄河涨上天怎么办？"面对领袖的千古一问，在场的陪同人员提出"修建水库防御特大洪水"的初步对策。对此，毛泽东明确地表态说："大水库修起来解决了水患，还能为灌溉、发电、通航提供条件，是可以研究的。"

伟人的情怀，无不是热爱人民的赤子情怀。

伟人的初心，无不是一生勤勉，一心为民，夙夜在公。

半个世纪以来，每一代国家领导人，都为黄河治理开发耗费过无数心血。"一定要把黄河的事情办好"，是几代领导人共同的心愿和目标。

党的十八大以来，习近平总书记也多次深入黄河沿线视察调研，发表重要讲话，做出重要指示，传承中国共产党人一心为民的初心使命，为黄河治理和黄河流域经济社会发展掌舵领航，彰显了深厚的情怀。

2013年11月26日，习近平总书记来到经济欠发达的菏泽市调研，专门同菏泽市及县区主要负责同志座谈，共同探讨扶贫开发和加快发展的良策。而菏泽市的东明县，其扶贫开发的重点就是近12万人口的黄河滩区。

2014年3月17日，日落时分，习近平总书记又来到黄河兰考东坝头段。这里像山东东明县一样，位于黄河典型的"豆腐腰"地段。总书记伫立黄河岸边眺望，向地方干部询问黄河防汛情况，了解黄河滩区群众生产生活情况。他叮嘱开封、兰考的干部，要切实关心贫困群众，带领群众艰苦奋斗，早日实现脱贫致富。

2017年5月，国务院总理李克强也到河南黄河滩区视察，并对黄河滩区居民迁建工作做出了重要指示，滩区居民迁建既是保障黄河长治久安的重大战略需要，也是实现滩区群众脱贫致富的治本之策。

历史与现实，因为一条黄河在这里交汇了。

多年以来，山东黄河滩区几乎每年都会遭受漫滩的威胁，其中有15年是受灾比较严重的，尤以1958年和1996年最为严重。由此而引发的则是饥荒、灾害和恐惧，甚至到现在一些上了年纪的滩区群众，想起水害依然不寒而栗。

作为覆盖全省黄河滩区群众20%的东明县，对洪水之患最具切肤之痛。多少人心生念想：修修补补，不如彻底"逃离"。

多少年来，搬离黄河滩成为群众的殷殷期盼。而这样的夙愿成为现实，自然从一个新的时代开始。

2017年，山东省决定用三年时间，通过分类实施外迁安置、就地就近筑村台、筑堤保护、旧村台改造提升等方式，全面完成全省60.62万黄河滩区群众的迁建任务。

按照省委、省政府的部署，东明县同样立下愚公志，誓圆小康梦，将黄河滩区居民迁建作为"天字号工程"，县委书记、县长共同担任黄河滩区居民迁建指挥部指挥长，指挥部下设综合协调、规划设计等8个专项小组，并针对全县滩区24个村台和马集外迁社区又成立了25个分指挥部，做到一个村台有一套班子、一个推进方案。大到占地清表、围堰修筑、吹填淤沙，小到村台的沙粒大小、黏度、密度的分析论证，精细化管理给滩区居民迁建工程带来了满满的"含金量"。

这里有说不完的竹林新村故事

号角嘹亮，脚步铿锵。

在打赢黄河滩区居民迁建之仗的过程中，既打攻坚战，又打歼灭战。

这是一种福音，像温暖的春风在黄河滩区刮起！

这是一阵号角，促动着黄河滩区群众的脱贫攻坚！

在东明县长兴集乡竹林新村采访时，遇到一位叫毛吉志的老人。老人今年
72岁，是一个乡村艺术家，画一手漂亮的水墨画，能用自己那双种庄稼的手
将漂亮的新房子和不漂亮的旧房子甚或像路的路和不像路的路绘于纸上，看上
去活灵活现，很有味道。然而，当我问他如何下功夫学得这样一手绘画技艺
时，他却说这辈子最下功夫的不是画画，他将40年的时间都花在了同一件事
情上，那就是给自家垫房台、盖房子。他说，你们外地人很可能想都想不到，
住在黄河滩区，垫房台、盖房子这件事多么不容易。每年汛期到来的时候，得
拼上身家性命与如同一头猛兽的黄河水患搏斗。他说搬进竹林新村前，家家户
户都一样，只要干完了地里的农活，睁开眼睛就是垫房台，而且根本也没有终
点，只知道把房台垫得越高越好。

"日复一日，年复一年，一铲一铲，一车一车地堆起来的房台，一场洪水，可能就功亏一篑，因为都是土堆起来的，大水来了一冲就倒。本来是希望用房台的高度拼过洪水的高度，可往往一场洪水过后就又回到了原点，感觉房台的高度总也赶不上洪水的高度。没办法，只能再重新垫房台，重新盖房子。"毛吉志说，多少年来，黄河滩区人的命运就陷在这垫不完的房台、盖不完的房子里，循环往复，无一例外。

几年前，随着黄河滩区居民迁建工程的实施，周围5个自然村包括他在内的5000多名村民陆续搬迁到了新建的七号村台，也就是现在的竹林新村，人们的日子才渐渐好过起来。

这样说着，毛吉志老人带我走进了竹林新村的黄河滩区纪念馆。在纪念馆的一处展厅里，展示着老人这些年画的几十幅水墨画，每一幅画反映一个故事，每一个故事都与黄河滩区的变迁有关。老人说最近几年他不用筑房台盖房子了，就用手中的画笔一点一点记录下了这些年黄河滩区的样子。

"有老样子，也有新样子，老样子和新样子结合起来，也就反映出了黄河滩区的原来和现在。"老人说他不仅画自己村庄的变化，黄河滩区居民迁建工程启动后，他还频繁地到建设现场进行观察，将淤填村台、建新楼房的情景一笔一笔地画了下来。

"打我记事起，俺们这个地方就饱受着黄河水患的困扰，你看看，这幅画描绘的正是黄河发大水时滩区的情形。"老人指着一幅画作说。

"还有这一幅，画的是上级领导到俺们东明黄河滩区考察的情景。俺们心里明白，国家早就想帮助黄河滩区的群众脱贫致富，可这么大的面积这么多的人，又急不得，只能一点一点地解决。前些年俺们竹林新村5000多人搬进了新居，现在全县12万人又马上要搬进24个村台和一处外迁社区的新楼房里，这是何等辉煌的成绩啊！"老人又指着另一幅画作说。其语气和脸上的表情，展示着老人的激动。

老人指着一幅幅画作，回忆起以前村子的样貌。他说那时候全村的房子没有在同一条水平线上的，什么样的都有，都是根据自己的经济条件来的。家里条件好的，垫的房台就高一些，盖的房子就好一些；家里条件差的，只是把房台垫得高一些，房子也不怎么讲究，能住就行。居民迁建之后，从外观上最大的变化，就是全村终于在一条水平线上了，住得一样，生活得也都差不多。

看着毛吉志老人的一幅幅有关黄河滩区变迁的画作，听着老人一点一滴的述说，禁不住想到从毛泽东主席开始，一代一代的共和国领导人与黄河的未解之缘，在岁月的嬗变中一直延续着。近几年，这种延续终于发出了世纪般的鸣响：在国家有关部委的大力支持下，山东省从 2015 年开始，先后开展了两期黄河滩区居民迁建试点，共外迁安置东平、鄄城等 4 个县 1.3 万人。而两年之后的 2017 年，《山东省黄河滩区居民迁建规划》出台，在试点的基础上，针对黄河滩区居民迁建问题又进行了相应部署和指导。规划到 2020 年，山东省全面完成滩区居民迁建任务，基本解决 60.62 万黄河滩区居民的防洪安全和安居问题。其中，外迁安置人口 14.10 万人，就地就近避洪安置人口 34.97 万人（就地就近筑村台安置 13.89 万人，筑堤安置 15.97 万人，旧村台改造提升安置 5.11 万人），采用临时撤离措施安置人口 11.55 万人。

　　人类有一种天性，那就是征服与挑战。时代发展到今天，对于黄河滩区群众的迁建与脱贫攻坚，征服与挑战的势头显现得更加强劲。从上到下，各级党委、政府以无与伦比的执着，一次次推翻认知的极限，让黄河滩区群众的美好生活在尽可能短的时间里从憧憬到抵达，一天天出新，一年年灿烂。

竹林新村的毛吉志，通过一幅幅画作讲述曾经的黄河滩

第二章
从房台到村台

4. 村台是个什么台

去东明县黄河滩区采访之前，我曾经在济南百花剧院看过一部吕剧现代戏，名字叫《一号村台》。此剧以山东黄河滩区为背景，讲述了当地党委、政府克服困难，为群众修筑起"一号村台"的故事。

相较于山东其他市县的黄河滩区居民迁建，东明县为方便滩区群众种地和生活，大多是"就地迁建"，这就比异地迁建多出了一个"建村台"的环节。

说起"村台"，许多人可能会想到农村的大戏台，或者城里各种演出的大舞台。但与村台比起来，那些好像都不能叫作"台"了，唯有能容纳三五个自然村、五六千甚至上万人居住的村台，才算得上真真正正的"台"。而且这个台上除了建设百姓居住的楼房，还要建设学校、商店、医院、幼儿园、菜市场、养老院以及党员干部学习、大妈大嫂跳广场舞、大爷大哥进行体育锻炼等所需要的综合活动中心，还要建设小胡同、大街道以及预留今后50年甚至100年的发展空间。

一个"台"，包罗万象，能够装得下社区生活的方方面面。

对于居住在黄河滩区的群众来说，最美好的愿望当然是不再发生洪灾，安居乐业。

如今经过科学规划，在黄河滩区选址、淤泥积沙、封边固顶、统一就近修建"大村台"，群众集中搬迁到新村台居住，既避免了洪水的侵扰，又能享受到现代化社区生活的舒适和便利。吕剧现代戏《一号村台》，正是通过一波三折的故事情节表达这样的主题和刻画人物，在吕剧艺术的精彩演绎下，生动再现了黄河滩区群众喜圆"安居梦"的故事，展示了山东省在脱贫攻坚、打造乡村振兴的齐鲁样板方面取得的可喜成就。

这样一部现代戏，让许多人记住了"村台"这个名词，但村台到底长什么样？没到过现场的人，还真有些说不清。为此，采访中我十分注意对村台的了解。"村台"是黄河滩区居民迁建的一个重要符号，这个符号既是一种文化，也是各级党委、政府科学带领黄河滩区群众脱贫攻坚的具体体现。

习近平总书记指出，当前脱贫工作关键要精准发力，向基层聚焦聚力。东明县委宣传部的相关领导告诉我，许多年来黄河多次泛滥成灾，滩区人民饱受艰辛，居住难、生活难、出行难、生产难。因此，远离洪灾、摆脱贫困、实现富裕，是黄河滩区人民的希望所在。搬离房屋简陋、沟壑纵横、街巷崎岖的旧村居，住进生态宜居、乡风文明、功能完备的新社区，是黄河滩区人民多少年来的梦想。

山东省委、山东省人民政府，在充分调研论证的基础上，做出了实施黄河滩区居民迁建的重大战略决策，这就是筑建大村台，构建新社区，让几十万滩区群众告别老屋，离开旧村庄，搬进绿树成荫，芳草青青，道路硬化，四通八达，一二三层房屋错落有致、韵味十足，幼儿园、学校、卫生室、超市、图书室、文化娱乐场所等公共服务设施一应俱全，现代生活气息浓郁，供水、供热、供气、排污等各类基础管网健全、功能完备的新社区。

为此，菏泽市委、市政府多次召开专题会议，研究贯彻落实山东省委、省政府的具体意见，并成立了滩区居民迁建指挥部。而东明县委、县政府，同样紧紧抓住这一千载难逢的机遇，把黄河滩区居民迁建作为一项头等政治任务，实行指挥部作战机制，强化领导，统筹协调，科学调度，精准发力。

黄河滩区居民迁建，第一步工作就是村台建设。

村台也就是黄河滩区群众原来自垫房台的一个扩大版。

"建设大村台是为了让滩区群众重新安家。早在 2004 年我们就进行了这项探索，而且取得了一些好的经验。"东明县委宣传部的同志告诉我们，目前东明县的 24 个村台基本建设完毕，现正在热火朝天进行的是楼房建设，村台上的楼房很多已经封顶，按照上级要求，尽可能地在 2020 年底让黄河滩区群众全部搬入新居。

采访期间，我专门对筑村台这项工作进行了多方了解，还查阅了一些相关资料。

大凡到过东明县黄河滩区的人，不经意间就会听到人们关于"房台"的故事。"一房一台"几乎是滩区人的生活主题，没有房台就没有房子。用黄河滩区老百姓的话说，如果没有房台，有了房子也一定是个"纸糊的"。所以，房子必须要盖在房台上，房台筑得越高，房子越保险。

对于每家每户来说，原来盖房子就得先垫房台；对于一个村庄，甚或几个村庄来说，如果全部搬迁到一起，就得建一个足够大且结实的村台，然后再在村台上盖起楼房，这样即便是再有洪水泛滥，也完全能够高枕无忧。

据东明县黄河滩区居民迁建指挥部的同志介绍，根据山东省黄河滩区居民迁建工程的相关规划，整个山东省的黄河滩区要新建28个村台，其中有24个村台位于东明县，涉及12万居民。东明县是全省黄河滩区搬迁人数最多、投资额最大、建设任务最重的县。2020年，影响全球的疫情刚一好转，东明县黄河滩区的24个村台建设就全部复工，其中一期建设的14个村台社区，施工建设如火如荼；二期10个村台，各项建设工序也陆续轰轰烈烈地展开。

陪同采访的焦园乡领导告诉我们，村台无论有多么大，无论装得下多少人，也是一个台，村台不能凭空而建，说到底村台还需要一个"村址"。既然让滩区群众从原来洪水泛滥的地方搬出来，原来的村子没了，新的村子建在什么地方，就是个大问题。每每谈起新村台的选址问题，无论是东明县委宣传部还是长兴集或焦园乡等乡镇陪同的同志，都反复念叨着六个字：很起伏，很周折。

据了解，为了选村址，也就是选建村台的位置，几个乡镇的干部确实吃了很多苦，也作了不少难。试想一下，一个住着七八千人甚至上万人的新村庄，到底应该建在什么地方，这是一个需要考虑多少因素的大问题，也是滩区群众家家户户关心的重要问题。

东明县的黄河滩区，一个行政村大多是由三至五个自然村组成，自然村之间相距一二公里很正常，如果是就地建设村台搬迁，新村在选址上也就得折中平衡，考虑大家共同的利益。所以，一般选址会选在几个自然村的中间。

仅仅是选在几个自然村的中间还不行，还要考虑交通问题以及尽量占用盐碱地或村头的荒地，尽量减少先拆老百姓的房子。如果新村址也就是大村台占据了现在的村址，那就得先拆掉老百姓的房子，让老百姓先在其他地方暂住，等村台上的新楼房建设完成后再搬回去。如果是异地搬迁，新村一般建在乡镇政府驻地附近，那里交通相对便利，四通八达，还有集市、商业街、学校、医院、小型企业等，有利于村民就业和长期发展。

其实，村台选址的一个核心问题就是占地——占多大面积以及占哪些村子里的土地。如长兴集乡和焦园乡一带，都属于就地搬迁，按照计划搬迁后还是一家一个院落，计划还制定出了详细的规定，以三口之家为标准建排房，房子面积是每人35平方米。除了房屋面积外，每家每户的院落占地大小为0.26亩左右。也许有人会问，如果家里人多了怎么办？人家不是三口之家，而是五口之家或六口之家，甚至更多，那会怎么办？这样的情况事先都有计划和方案，人多的户盖楼房，两层不行三层，人少的可以盖一层，也就是平房，但院落大小基本一致。

"这样的事很作难，因为牵涉老百姓是不是需要先拆房子的问题。新村村台大致方位一旦定下，选多大面积呢？仅这一问题乡政府就要多次与村委会分析研究和进行民意测验。或许有人会说，有那么复杂吗？不就是面积吗？算算多少人口，算算人均多少面积，不就出来了吗？这事说起来很简单，实施起来却很困难。"有乡镇领导告诉我们，黄河滩区居民迁建是一件大事、好事，但也是一件难事，因为上边千条线，下边一根针，所有具体的问题都得由乡镇干部去解决。再大再难的事乡镇干部也躲不过去，也得一点一点地想办法，一户一户地做工作。黄河滩区的几个乡镇很一致，所有副科级以上干部，每人都要带领十几个人承包一个村庄，然后分组分户去做工作。

"无论多么难，最后都得把工作做下来，然后才能顺利地吹泥沙淤筑村台，再在村台上建房子。"接受采访时，有乡镇干部这样说着，眼眶里竟然不由自主地闪出了泪光。从那泪光中，外人也能够感受到工作的艰难和乡镇干部的辛苦。但他们依然很高兴，说看着一天天"长大"的村台，看着一天天在村台上"长高"的楼房，心里就是一个字：美！

据了解，村台建设主要是"大浪淘沙，沉者为金"，也就是利用黄河泥沙进行淤筑。不然，去哪里弄那么多土方筑起五米多高一千多亩大的大村台呢？

我曾经在黄河洪峰到来时看见过巨大的浪，那浪可真叫一个高，气势磅礴，滚滚向前。而正是这样的黄河浪，催生出了黄河上的一种奇特自然现象：揭河底。

山东黄河河务局相关技术人员告诉我们，"揭河底"是黄河上独有的一种泥沙运动规律，当高含沙的洪峰通过时，短期内河床遭受到剧烈的冲刷，河底成块、成片的淤积物像地毯一样被卷起来，然后被水流冲散带走。这样强烈的冲刷，在几个小时至几十个小时内，能将该段河床冲深几米至十几米。

黄河本来就以泥沙多而闻名于世，中国古籍记载"黄河斗水，泥居其七"。根据近代实测资料分析，黄河干流多年平均年输沙量为16亿吨，每立方米水含沙量为35千克。黄河水含沙量之大，为世界大江大河之冠，如果再遇上"揭河底"，泥沙含量则进一步加大。东明县黄河滩区居民迁建指挥部相关同志介绍，根据实际情况，用黄河泥沙吹填村台是最好不过的方式，而且村台建设还要经过修筑围堤、吹沙淤台、半年沉降三个阶段，结实牢固后才能在上面建新房。集中修筑的村台，高度都在五米左右，可防二十年一遇的大洪水和八级地震。以焦园乡八号村台为例，这个村台早已淤筑成功，目前村台上正在建设的二层或三层小洋楼有的已经封顶，有的正在封顶。八号村台淤筑时铺设了吹沙管道8条、长37240米，架设高压线路9170米、高压线杆168根。整个施工期间，通过黄河泥沙吹填土方达290万方。铺管架线途经四个行政村，各村村情复杂，涉及面广，群众诉求多且杂，无形中给施工带来巨大压力。村

村台工地上最初的建设场面

台建设指挥部成员面对问题不推诿，面对难题不退缩，敢字当头，实干为先，他们深入每村每户，从大局出发讲政策、讲滩建意义，没日没夜地坚守在施工第一线，耐心细致地做群众的思想工作，用真心真情换来了群众的大力支持。当时因为降水量大，造成了吹沙管道铺设无法正常施工，焦园乡党委、政府针对这一难题立即行动，拉砖渣900余车，对施工路段进行简易硬化铺垫，保证了管道铺设的顺利施工。为早日实现出沙，县乡领导都是亲临施工第一线，现场指挥，现场解决问题。2017年7月6日凌晨4点20分，第一桶沙激流而出。到2018年2月3日，历时206个昼夜，终于顺利完成了村台的吹填工作。

"淤筑大村台是一个技术难度挺大的活儿，不但要坚固，还要绿色环保。"焦园乡八号村台乡镇指挥长郑强胜告诉我们，自负责试点村台以来，就没有过节假日，打围堰、吹沙、淤筑村台、自然沉降、强夯等，他都是坚守在第一线，发现什么问题解决什么问题。他说看着村台一天天"长大"，内心还是挺有成就感的。这么一个大村台，淤筑完成之后还得按照绿色生态的要求包边盖顶。原来规划需要从村台外土场取黏土26万方，可运输黏土时，原设计路径因临时道路无法满足运输条件被迫放弃了，乡指挥部和施工方通过多次召开联席会议，共同研究了可行性方案，对运输路径进行了调整，并积极争取黄河河务部门的支持配合，确定了走防洪联坝的路径。村台淤筑施工历时两个多月，动用了大型运土机械75辆，挖土机、推土机12台。在绿化方面，八号试点村台四周共植树6800棵，植草皮4.6万平方米，开挖排污管网3000多米。刚淤筑起来时村台光秃秃的，如今村台周围已是浅草依依，嫩柳抽芽，生机盎然。

对于不了解的人来说，村台建好之后似乎就是备齐各种建筑用料，然后打地基垒砖造房子。郑强胜说，其实，完全不是这么一回事，村台吹填淤筑好之后，不仅要沉降、打夯、推平、轧实，还有修辅路、修坡道等很多道工序，要不备料建设时根本没办法走，而且每一道工序都需要时间。

"村台沉降"这样的专业术语很多人都没听过，"沉"就是要让新吹填起来的村台慢慢沉淀折实；"降"是指降水，"降水"是村台建设的一个关键环节，从黄河里抽沙淤填建设而成的新村台含水量很大，必须经过一段时间的沉淀和降水，等到土质结实了，水分比率达标了，有关部门验收合格了，才能打地基进行下一步的房屋建设。

焦园乡八号试点村台水分检测合格是2019年2月份，3月份就开始打夯。

很多人熟悉打夯，甚至能够想到各种各样的夯歌，想到四五个人抬着圆形或柱形石头夯唱着抑扬顿挫的夯歌一下一下地砸。还有很多地方惯用的打夯机，也是打夯盖房子的一种好器具。然而，在新吹填起来的一千多亩的大村台上，这样打夯根本不行，这里所用的是一种圆形铁夯，直径两米多，高1.6米，重达15吨。大铁夯还要被夯车吊着，一下一下地往下砸。

郑强胜告诉我们，整个八号村台上当时有17台大夯车同时作业，夯车先把铁夯吊到30多米高的空中，然后再果断地操作下放，自由落地。一夯打下去土浪飞溅，几百米之外都能感觉到大地的颤抖，感觉像地震一样。有专业技术人员说，一夯打下去，坑深必须要达到0.9米至1.4米，否则就是不合格，如果太深说明村台水分太大，还得再实施"降水"。其间，有记录员专门做着记录，一天打多少夯，每一夯是啥情况，都得记录在案。打夯之前，整个村台还要先划分区域，每个区域先试打8个地方，每个地方打三夯，每一夯都合格才能全部展开，而且要连续打三遍。三遍之后，如果验收不合格等一段时间还要继续打，什么时候合格了才能往下进行。

"2018年，八号村台被省政府列为第一批美丽村居建设省级试点村庄。可以预见，未来草木郁郁葱葱，环绕村台，贫瘠的黄河滩终将成为美丽的花果滩，成为鲁西南一道靓丽的风景线。"这样说着，郑强胜脸上洋溢出自豪的表情。

三月的一个周末的上午，我与《大众日报》"深度要闻"记者一同赶到长兴集乡的八号试点村台进行采访。不同的乡镇，却是同样的村台编号。了解之后，我和记者朋友突然来了兴趣，想探求一番两个村台施工与建设的不同之处。

"没有什么不同，几乎全部相同，因为都是通过黄河泥沙进行淤筑的，都有严格的质量控制要求。"长兴集八号村台上的乡级指挥长郑钦印说，虽然都有完备的施工方案，但在许多方面依然是一种尝试，稍不注意就会出现问题。因此，从乡领导到村台上的施工企业，都坚持高标准，严要求，抓精、抓细、抓准。

我们在现场看到，随着水泥砂浆等企业的陆续复工，各方面的施工也进一步加快，每一道工序上都满员作业。郑钦印告诉我们，目前施工人员已达到1320多人，哪一道工序也不敢放松，每天都有条不紊地进行施工，抓质量，抓进度，不放过任何一个可能引发质量问题的细节。在新冠肺炎防疫方面，他们同样抓得很紧，要求所有施工人员没有特殊情况一律不准离开村台，一律吃住在村台，避免与外界接触，坚持所有施工人员每天查验身份证，一天两次测量体温，两次消毒。

我们在东明县黄河滩区居民迁建指挥部了解到，黄河滩区居民迁建是一项重大的民生工程，因此，要求滩区迁建工作任何情况下都不能停，工程进度也不能拖。新冠疫情刚有好转，县里就积极协调工人有秩序地返岗，全县24个村台和一个外迁社区，很快就全面复工。在长兴集乡八号试点村台现场，目前已经完成封顶的楼房达700余户，待封顶的也有200多户，整个八号试点村台的工程量，已完成了百分之七十以上。村台建设项目经理周东海告诉我们，下一步将继续增加施工工作面，增加施工人员，把疫情耽误的工期抢回来，保证如期完成建设任务，让滩区群众如期搬进新房里。

走在面积一千多亩的大村台上，望着如火如荼的建设场面，我脑子里突然就闪出了一个画面，如果将全县黄河滩区的24个村台全部连在一起，那将是一个怎样的壮观场景？当然，24个村台不可能连在一起，但一个上千亩的大村台，一排一排的乡村别墅连在一起，又是怎样的一种场景？

我把这样的想象说给记者朋友听，她笑了笑，说这还用想象？整洁的小洋楼、宽敞的校园、干净的道路，那是一定的啊！在这样的社区里，一定是少有所学、老有所养，咱们采访时不是已经看到了吗，每一个村台上都建有服务中心、文化广场、卫生室等，配套设施一应俱全。"等着吧，村台社区建设一旦完工，黄河滩区的村民们全部搬进新居，美丽乡村的画卷便在这千里黄河滩上徐徐展开，每一位滩区群众的脸上，洋溢出的一定是幸福、舒心的笑容。"

5. 两个人的记忆：房台离村台有多远

"房台是为了抵御洪水而垫。谁都知道水火无情这个道理，原来大水几乎年年发，房台也就得年年垫，垫得低了房子盖得再好，一场大水来了也就给泡废了。"焦园乡甘东村 73 岁的村民朱运起接受采访时，没说"村台"，而是说"房台"。这样说着，他突然就吧嗒吧嗒地掉下了眼泪。

朱运起有些不好意思，他用手背擦了擦眼睛，冲我们笑笑，说想起过去的一些事心里就发酸，一发酸眼睛就止不住流下泪来，过去的日子真太苦了，苦不堪言！

我们赶到朱运起家的时候天色已经向晚，不开灯屋子里就有些暗了。一抹斜阳横照过来，树梢、菜畦、花草、房屋，全都涂上了一层赤铜色，富丽堂皇，使万物显得平和而高贵，庄严而典雅。这样的时候，黄河滩区的小村看上去特别美，天空变得柔和、清纯，白云也镶上了一道道金边，一切似乎都沐浴在鎏金的光色里，被夕阳照顾得灿灿烂烂。

在这样的美景里，望着朱运起家的院子，我禁不住叹出一口气。

作为北方平原上惯常的一个农家院落，朱运起家那高低不平的样子，怎么看怎么不像正经的农家院子。整个院子呈北高南低状，五间北屋，没有偏房，北屋门口比大门外的胡同起码高出三米多，走进他的家就得先爬上一个大坡，而他家的五间北屋又是三间老旧，两间稍新，看上去完全不是一个整体。厕所位于院子的西南角，离北屋差不多有十几米远，可从北屋去厕所就像是下了一座不大不小的山，厕所处比北屋门口的地基起码低出了五六米。

一个几十平方米的农家小院，竟然如此起起伏伏，走在里面就像走进一处"迷你"丘陵。

"俺们家这院子，是不是和其他地方的不一样?"朱运起说。

"是有些起伏。"我说得委婉。

"院子起伏，是黄河滩区的一大特点。"朱运起说。

"因为防洪水，对吧?"我说。

"原来每年汛期黄河都发洪水，房台垫得高了才保险。"朱运起说。

正说着，朱运起的妻子插进了话。她指着房子外面两米多宽的台阶告诉我们，刚盖房子的时候，房台根本没垫这么宽，出了房门就是坑，孩子们那时候还小，走路都走不稳，常常一出门就骨骨碌碌滚到台子下边去了。

"后来，家里的经济条件好了些，就又慢慢把房台垫出去一些，门口的台子也就宽出去了，可和人家一些平整的院子相比，还是很不像样子。不过，黄河滩区的居住环境也只能这样，每年不遭洪灾就很不错了。"朱运起说着叹出一口气，脸上的表情也变得凝重起来。

"过去的日子真是难，俺家三个孩子，不仅自己得有房子住，还得给儿子们垫房台盖房子啊，想想有多难啊!"朱运起告诉我们，黄河滩区是一个封闭的区域，西边是黄河，东边是黄河大堤，一旦洪水来了，一般会在这个区域滞留两到三个月的时间，给大家的生活造成很多不便。滩区群众不仅住房得不到保障，交通、水利、电力等公共设施也相对薄弱，教育、医疗、文化等社会事业发展更是滞后。

朱运起回忆其73年的人生岁月里，印象最深的就是盖房子。他说要盖房子必须先拉土垫房台，原先是用人力小推车，或者地板车，后来条件稍稍好了些，用上了拖拉机和农用三轮车。垫房台大多是从村庄大水塘里取土，后来大家都来取土，大水塘越挖越深，取土也就比较困难了。没办法，只能再到自家的田地里去取土，而且还不能影响种庄稼。

"你也看到了，俺们村子每家的房台基本上都是独立的，相互不挨着，洪水一来每家每户也就成了一个又一个的'小岛'，相互来往或者外出办事都得划着木船去。"朱运起说。

"每家每户都有木船?"我问。

"不是。村子里只有几艘小木船,大家轮流着用。船不够用的时候,也会想些其他的办法,比如将门板拆下来当成木筏,同样像船一样在水里划着走。"朱运起说。

朱运起还说,过去几百年间,甘东村人在这里世代耕作,繁衍生息。黄河洪水一直是他们的心腹之患。历史上防洪水,大家都是各自为战,家家高筑房台,一户人家一个"孤岛"。房台再高,因为面积太小,还是经不住洪水的冲刷,洪水一淹地基也就松动,地基一松动墙裂梁歪,住不了几年房子也就塌了。住在黄河滩区,盖房实在不易。挣了钱就拉土,拉了土垫房台,洪水冲毁了再拉土,再垫房台,这也就成了人们循环不尽的日子。

这样说着,朱运起带我们走到屋外看他家的房台。那房台看起来比别人家的高一些。他说五间北屋之所以三间旧,两间稍新,是因为三间旧的盖得早,两间新的是后来给儿子盖了娶媳妇住的。他说最近的一次洪水发生在2003年,多亏了政府派大船过来把大家接走,出去住了十几天才又回到村里。

"给儿子盖这两间新房,用了多长时间?"我问。

"前前后后五年多。"朱运起说。

"咋会用这么长时间?"

"首先得拉土垫房台吧?这一般就得三年,都是农闲的时候干。三年把房台垫起来了,紧接着就是压实,也就是农村人说的打夯。地基不牢没办法盖房子,一遍遍地打夯也挺费劲。再接下来,手里资金松缓点了,再买各种材料盖房子。这样下来,差不多都得五年左右的时间。"

"盖房子会欠账吗?"

"当然会啊,那些年村里谁家都没有存钱,差不多都是你借我的,我借你的,相互挪着往前奔日子。"

朱运起还告诉我们,多亏他三个孩子两个是女儿,一个是儿子。因为按照本地旧俗,家里必须帮儿子建房。如果三个孩子都是儿子,那麻烦就大了。"每个儿子都得盖一处房子吧?那就是三处房子,三个房台。你想想,每年光拉土垫房台,是不是就得把人累吐了血?"朱运起说着笑了起来,那样子很为自己生了两个女儿一个儿子感到庆幸。

房台垫得再高，也难以超过洪水的高度

　　从朱运起家出来，很多村民站在门口看我们。听说我们是来采访的，村民们都很热情。那表情，那眼神，透着质朴，透着自然，也透着原生态，装是装不出来的。这让我很想用更多的时间去接近他们，甚至还产生了再回来住上几天的想法，好好贴近他们，了解他们，为他们做点力所能及的事情。这样蜻蜓点水式地走一趟，感觉很是对不住黄河滩区的老乡们。

　　在与几个村民的交谈中，我发现他们最关心的还是什么时候能够搬到新村台上的新居里。有老乡指着不远处的新村台说，房子都盖得很好，有的两层，有的三层，和城里的别墅差不多哩。

　　看得出，村民们对搬新居很期待，他们再也不想拉土垫房台盖房子了。

　　有位大嫂对我说，近些年虽然黄河没发大水，可谁知道大水是不是从此就不再发了？而且村人们免不了还有攀比心理，房台高是家底厚实的象征，如果继续在原村址上住着，这辈子还不知道再垫多少回房台，再盖多少回房子呢。

　　甘东村党支部书记朱合起告诉我们，整个甘东村有3000多口人，上了年纪的人都经历过洪水泛滥的情景，如今望着不远处的新村台，人们天天脸上带着笑。如今外出打工的年轻人和带回来的钱越来越多，村子里新生事物也越来越多。67岁的张凤阁和64岁的李桂花，都是村子里聘的清洁工，她们在村里做环卫保洁，一个月每人350元。虽然钱不多，干一个月还不够城里人的一顿饭钱，但交谈中感觉她们都很满意，说这么大岁数了，不离家，有钱挣，已经很知足了。

"从俺们村到新村台，你感觉有多远？"朱合起说。

"也就三四里地吧。"我说。

"三四里地应该说是够近的。可就是这么近的距离，从俺们村每家每户的房台，到现在正在建设着的大村台，竟然走了几十年，甚至上百年。"朱合起发出了一句颇有几分哲理的感慨。

大自然常以一连串的惨烈灾难让世人在震惊中觉醒。每一场灾难给人间带来的浩劫，都不是任何方式可以直接换算估量。多少年来，黄河滩区因为泛滥的洪水，不知有多少人失去了生命，也不知多少应该美好的日子变得凄凉。从房台到村台，距离很近，距离又很远。近得能够从房台看到村台上的施工情景，远得千百年来都没有实现过。

与朱运起一样，菜园集镇洪庄村70岁的老支书鲁国顺，也有过四五次的垫房台和盖房子的经历。接受采访时，他说平时与别人聊天，什么话都可以说，就是不愿意说"垫房台"和"盖房子"这样的字眼，好像最大的忌讳就是这件事。"人活一辈子，总是围绕这样的字眼生活着，想想挺可悲哩。"

说起来，鲁国顺的人生经历，同样是与黄河和洪水纠缠在一起。

还很小的时候，鲁国顺就帮着父母拉土垫房台、盖房子。早年间垫房台和盖房子，真真是吃大苦的事，一小推车泥土有多重？起码两三百公斤，还没成年他就学会了推那样的独轮车，弓着腰，一步一挪地走过晃晃悠悠的泥巴路。他说他的父辈人，因为推土垫房台弓腰时间太久，而且又要出大力气，很多人的腰上都留下拳头大小的疙瘩，那疙瘩有的比石头还要硬。即便这样，一旦发生洪水，垫起来的房台也就白搭了，盖好的房子更是白搭了，甚至人都被洪水困在树杈和屋顶上，如果没有船来营救，命运到底怎么样谁都说不准……

这样说着的时候，鲁国顺的语气非常平静，那是一种曾经沧海难为水的平静，而我却听得惊心动魄。

对于过往的历史，鲁国顺似乎没有太多缅怀，他两眼一直望着前方，想着心事。

"无论到什么时候，很多记忆都无法抹去，那些在黄河滩区挣扎的日子究竟有多么苦，只有经历过的人才知道。"鲁国顺说那些年洪水一来，就是房毁屋倒，搭草棚子栖身过冬是常事。村里的光棍儿很多，外地的女子死活也不愿意嫁到黄河滩区里来。

"洪水一过，即便是没有倒塌的房子，也都成了危房，没办法再继续住了，只能扒了重新盖。"鲁国顺有一儿一女，儿子现在跟他住在村里，女儿嫁到了外面。当年为垫房台盖房子他没少操心费力，但最操心费力的还是想如何把全村都搬出黄河滩区。

"自己既然是村里的党支部书记，就得干党支部书记的事，就得为全村人着想。可如今说来，当初的想法很好，也得到了上级的支持，事情却没能完全办利索，想想也挺可惜的。"鲁国顺说他1978年当村支书，一气干到1998年。二十年间，想的和做的最多的就是让村民们离开黄河滩区，再也不遭受洪水的袭扰。

鲁国顺说1996年黄河滩区发过一次大洪水，东明县遭受了极为严重的漫滩灾害。

那一年的一号洪峰到来时，正是一个漆黑恐怖的夜晚，咆哮的黄河掀起冲天巨浪，拍打着一线堤岸。羸弱的生产大堤承受不了巨浪的冲击，紧靠黄河岸边的村庄深夜里响起"漫滩了，漫滩了"的惊叫声。不到一个小时，方圆百里黄河滩区成了一片汪洋，翻滚的水面上还漂浮着扑腾的鸡鸭、带根的玉米棵儿和成片成片的麦秸……

至今说起来，东明县的许多人都说那是一场百年不遇的洪水浩劫。黄河滩区人民十多年辛辛苦苦建起来的基业，毁于一旦。那一年，洪水水位之高、历时之长、演进之慢、险情之多、灾害之重，是历史上少有的。

鲁国顺说，当时村集体栽种了五年的200多亩苹果树都已挂果，还有贷款养殖的800多只兔子和200多头羊和牛，再加上刚购进来的一批饲料，全部被洪水冲走了。

"那是八月份，第二天看着村里的凄惨情景，我这么一个大男人都哭出了声。可哭又有什么用呢？后来，只好想办法把村集体的一些树卖了。然后，又发动群众集了部分资，才逐渐把贷款还上。"鲁国顺说着，仰头长叹了一声。

一声叹息，叹出了多少忧愁，叹出了多少无奈。

那次洪水之后，为安置滩区群众，县乡仓促建造起了一片安置房，想让滩区群众全部从原来的村子里搬出来。然而，对于这样的安置群众却不满意。有的地方盖好了房子搬来的人却很少，后来甚至已搬出来的人又都陆续搬回了原

38

来的村子。还有的人家只搬了一半，一家人分开住，年轻人住在新址上，老年人继续住在老村里。

"当时新村路没怎么修好，水也没怎么安装完，房子盖得质量也不是太好，再加上原村址上的老房子有些还保留着，所以搬过来的人家就很少。"鲁国顺说。

简单的反馈，能够捕捉到当时极为关键的一些信息。没路怎么发展？没水怎么生存？应该说这都是很现实的问题，现实的问题解决不了群众当然就不满意。鲁国顺说后来路和水都弄好了，一个村子却还是分成了两个地方。"第一步解决不好，留的后遗症就会很多。当时，县乡两级强烈要求拆掉老村里房子，让大家全部搬到新村来。想法当然是好的，但现实困难不彻底解决，就没法完成老村外迁。"

现在看来，如此搬迁也就是一种简单的"迁徙"而已，并没有真正解决好滩区老百姓的后顾之忧，所以滩区的贫困"帽子"也就无法从根本上摘除。

没错，洪庄村的那次搬迁仅仅是一种尝试。虽然尝试失败了，但有了这样尴尬的过往也就有了忧思与远虑，也为后来的迁建积累了宝贵经验。目前的黄河滩区居民迁建，是一次彻底拔出"穷根"的迁建，东明县的24座村台可谓稳稳托起了当地群众的幸福感。因此，鲁国顺说和原来不一样，现在大家都特别想搬迁，洪庄村要搬迁的新居是菜园集乡一号村台，离老村址一路之隔，房子建得非常好，完工后达到拎包入住的条件，而且地面、外墙、污水处理建设完备，还有商场、学校和幼儿园、养老院，配套设施一应俱全。

6. 嫁出去的闺女与娶进来的媳妇

在东明县黄河滩区采访时，听人们说得最多的一个词是"迁建"，其次是"娶媳妇"。当然，娶媳妇常常与嫁闺女并列出现。毕竟闺女在娘家是闺女，到了婆家就是媳妇，二者密不可分。

对于黄河滩区的"光棍现象"，很多媒体记者都进行过采访，我也看到过一位年轻记者，在长兴集乡问过这个问题之后，脸上显出呆呆的表情。之后不由自主地感叹道："怎么会这样！"

其实，怎么就不会这样？

长期以来，黄河滩区的群众一边面对的是黄河水患的威胁，一边面对的是黄河大堤阻隔带来的种种不便，特殊的居住环境和生活环境，决定了他们在生存中必然面临着诸多艰辛和困苦。

首先面临的问题是经济困难。

实施小浪底工程之前，由于黄河连年漫滩，滩区群众农业生产基本上处于"一麦一水"状态。夏季收一季小麦，秋季便就成了一片汪洋，群众的收入自然少之又少，贫困户也就多之又多。仅 2003 年 10 月的那场大洪水，东明县一个乡就冲毁房屋 11700 余间，其中倒塌房屋 2600 余间、9100 余间成为危房，淹死牲畜 2300 余头、家禽 3.1 万余只，16 万亩即将收获到手的庄稼被淹没，全乡直接经济损失达 1.8 亿元，人均损失 3000 余元。

据估算，过去黄河滩区的一个三口之家，年收入不足 8000 元，修筑一处房台，需要拉土至少 1000 立方米，耗资金至少两万元，盖三间平房和一间厨房，需要耗资四万元。而频繁发生的黄河洪灾，更使他们的经济状况雪上加霜，每一场洪灾都能使他们几年翻不过身来。况且每年的收入除去日常生活、购置农业生产资料、孩子上学和家人就医等方面的开支，几乎本就没有什么剩余。

在黄河滩区，很多家庭几辈人辛辛苦苦挣钱也建不出一处好房子。即便是偶尔有哪户人家挣出了一处好房子，说不定哪场洪涝灾害，一下就把房子冲成了一堆泥巴。因为洪灾频繁，黄河滩区群众中贫困人口比例逐年增高。

"如此景况，小伙子娶媳妇不可能不困难，你说是吧？"在焦园乡辛庄村采访时，年轻的党支部书记李占胜专门就"光棍问题"与我有过一番对话。

"你们村还有多少光棍？"我说。

"全村 1800 多人，还有 100 多个光棍。"他说。

"这么多？"

"这已经是少的了，原来更多。"

"怎么讲？"

"近两年，随着滩区居民迁建工作的开展，'光棍问题'正逐步得到解决。"

"怎么解决的？"

"说媒的人多了，成亲的人自然也就多了。"

"为啥？"

"没看到吗？整个黄河滩区马上就要搬迁新居了，别墅一样的新居条件那么好，生活自然会有根本性的改善，堤外或省外的闺女也就愿意嫁过来了，光棍不是就少了？"他说。

辛庄村民调主任陈思温接受采访时讲了一个故事，说村里人都知道这个故事。这个故事发生之后大家心里很别扭，似乎感觉心里冰冷极了，可又没有任何办法。

两年前，村里一个小伙子好不容易说上了媳妇。媳妇家在堤外，见小伙子长得很帅，姑娘很愿意嫁过来。有一天，姑娘父母坐着小汽车来村里见面，刚刚下过一场雨，没想到进村路上全是黄泥巴，小汽车一下就陷了进去，小伙子弄了辆拖拉机，费尽九牛二虎之力才把小汽车给拉了出来。没想到，姑娘父母家门都没进，便对小伙子说："这样的地方，给多少钱的彩礼俺闺女也不会嫁过来。"结果枉费了那姑娘对小伙子的一片痴情，一桩好好的姻缘硬是被进村的"黄泥巴"给拆散了。

"这样的事太多了，原来俺村两三年都没个媳妇娶进来是很正常的。"李占胜说。

"你村的闺女是不是也愿意往外嫁？"我说。

"但凡有点办法，闺女们就想着法地往堤外嫁。"李占胜说。

原来建房的困难，对于滩区的许多家庭来说只是众多困难之一。孩子的婚姻大事在没搬迁之前，自然也是许多人家的一块心病。那时候，滩区的姑娘都急着往外嫁，男孩子在滩内滩外都很难找到媳妇。滩区的小伙子大多想办法外出打工，再从打工的地方找个外地姑娘。

是啊，娶不上媳妇的大龄男青年到什么时候都憧憬，憧憬有个好姑娘嫁过来。

憧憬也只能是憧憬，任何人都知道黄河滩区相对封闭，思想观念落后。以前大家都靠土里刨食吃饭时差距还小点，近些年滩外经济发展明显加快，滩区内群众的日子被人家拉下一大截，适龄男孩子找媳妇也就更不容易了。

相关部门有过统计，黄河滩区平均每个村庄的光棍儿，要比黄河滩区外村庄的多出三到五人，这说的还是几百人的小村庄，上千人的大村庄，情况则更为严重。

近几年，随着经济的发展，在东明一带女孩谈婚论嫁首先问男孩家有没有"一动不动"，也就是汽车和楼房。汽车是动的，楼房自然是不动的。这沉甸甸的"两大件"，把许多滩区小伙子的腰都压弯了。

李占胜说，黄河滩区的家庭能够置办得起"一动不动"的很少，而黄河滩区之外的家庭，即便也是生活在农村，尤其紧靠乡镇政府驻地或县城附近的，一半以上的家庭却都有。所以，黄河滩区的小伙子娶媳妇困难，而黄河滩区的姑娘们不愿意留在滩内几乎是无解的。"这样的情况很正常，哪个姑娘不想结婚后的日子过得好好的。"

但是，黄河滩区如今激发出了惊人壮举。

摆放在我们面前的壮举就是滩区群众的居民迁建，历史即将改写：黄河滩区群众马上就能有"不动"了。

李占胜专门扳着手指头数了半天，说真不错，今年村里有七八个男孩子要娶媳妇了，都已经给村领导们打过招呼，让领导们到时候一定参加婚礼，给他们长长脸面，当他们的证婚人。

"这样一来，村里的光棍，也就能逐年减少了。"李占胜说。

在长兴集乡八号村台上，部分楼体已经封顶，远处看犹如古时的城墙，威武壮观。

据了解，长兴集乡八号村台是首批迁建试点村台，占地面积807亩，可安置四个自然村的1302户居民。按照规划，房屋共有70至210平方米的10种户型，村民人均面积35平方米，社区配有小学、幼儿园、卫生室、养老院、超市、文化广场、扶贫车间、社区服务中心等。

"滩区群众很快就能搬进新房了，有这样的新房小伙子还愁娶不上媳妇？闺女们谁还想着法地再往堤外嫁？可以说，随着滩区居民迁建工程的实施，原来滩区光棍多的现象一定会被颠覆。"村台乡级指挥长郑钦印说。

在沙窝镇采访时，同样遇到了嫁闺女与娶媳妇的问题。

沙窝镇是东明县处于黄河滩区的四个乡镇之一，东临京九铁路，西靠黄河，全镇常住6.4万余人，下辖29个行政村。

到沙窝镇采访的第一站，是正在如火如荼建设着的沙窝三号村台。

"三号村台占地面积1200多亩，建成后将安置13个自然村的6900余人。建设之前需要对村台涉及的一个村庄，也就是高堌村，实行整体搬迁。这被称为东明县黄河滩区迁建'最难啃的硬骨头'，因为涉及的问题很多。"沙窝镇三号村台上的县级副指挥长翟联宾告诉我们。离开祖祖辈辈生活的故土，刚开始时村民抵触情绪很重，后来经过指挥部和镇村干部进村入户做工作、讲政策，党员干部带头，仅用了10天时间就完成了整个村庄的拆迁。

"如此大规模的迁建，对于黄河滩区人民来说是一件从未遇过的大事，我们没有现成的经验可以学习和借鉴，全凭着自己摸索，也就出现了很多之前没预料到的难题。比如用黄河水吹沙筑村台的时候，抽取黄河水的管线很多，占用了不少耕地，引起了群众不满。这是我们之前没有想到的，后期通过改进线路尽量少占耕地，也就逐渐了解决了一些问题。"这样介绍着，翟联宾像是突然想起了什么，说建设方面的事反正都一样，而各村各户的情况却千差万别，比如之前这个乡镇的"三多"问题就很典型。

翟联宾很想让我们多了解一些黄河滩区群众的诉求，他说既然来到了滩区，就得走近滩区群众，与滩区群众交朋友，多多倾听他们的心声。

陪同采访的县委宣传部王恩标主任告诉我，翟联宾也是宣传部的工作人员。2017年9月，他突然接到上级通知，要他到沙窝镇三号村台指挥部报到。马上退休的他怎么也没想到，上级领导竟然交给了他如此重要的一份工作。从当初来指挥部报到，到现在沙窝镇三号村台进入轰轰烈烈的社区建设阶段，他已经在这里待了两年多。

"村台建设可没有想象中那样简单，从征地到一个村庄的拆迁，从围堰、吹沙再到地基处理和社区建设，要面对各种因素的阻碍。"王恩标主任说着，冲翟联宾伸出了大拇指。翟联宾笑着摆摆手，说既来之则干之，如今阻碍已经全部得到解决，现在沙窝三号村台的建设是汽车上了高速路，一气快跑。

离开沙窝三号村台，才知道翟联宾所说沙窝镇滩区的"三多"是：光棍多、闺女外嫁多、走出滩区不回来的多。

其实，后来在采访中了解到，黄河滩区不止"三多"，仔细数数"十多""二十多"都有。

正是居民迁建工程的实施，才使黄河滩区祖祖辈辈的苦涩记忆画上了句号。如果没到过黄河滩区，很难想象滩区的苦，很难想象在黄河大坝和黄河之间的土地上，竟然还有如此多的人在这里艰难地生活着，栖居着。

"在黄河滩区，'三多'问题很正常。俗话说'人往高处走，水往低处流'，谁不想好呢？"王恩标告诉我们，沙窝镇的黄河滩区和其他几个乡镇还不太一样，因为这里的滩区分布在黄河两岸，这岸和那岸说遭洪水都遭洪水，水害损失最为严重。过去几十年，人们一直生活在"抗洪——重建——抗洪"的循环中，年轻人谁不想走出这自然条件极差的黄河滩区呢？

在沙窝镇马集村采访时，我们遇到了73岁的村民马清沛。老人家很有意思，主动走过来与我们聊天，还伸出手来亲热地和我们握手，说："你们不是想了解黄河滩区的事情吗？俺给你们说说吧，俺知道得多，俺这辈子净跟黄河水比赛了，房台垫得越来越高，腰包却弄得越来越瘪。"

沙窝镇位于东明县境的西部。黄河在这里是由南向北，正好流经整个沙窝镇，而且毫不留情地将该镇一分为二，28个行政村划在了河东岸，一个行政村划在了河西岸，划在河西的这个村就是马集村，与河南省的长垣县紧密相连。

"从这里往前再走一小会儿，就是河南省的地界了，在俺们村出一趟省，就跟闹着玩一样。"马清沛说话很幽默，我们跟随着去他家的路上，看到脚下的村街像一条壕沟，两边的房子都建在头顶上，房子下面都筑着一个高高的防洪房台。台子四周用石头垒砌，中间夯土填实。看得出，为安全起见，村民们竭尽所能把地基垫高、再垫高。

马清沛家的三间房子坐北朝南，不远处就是河滩，可以看出房子比河滩高出几乎一人多。而他家背后的邻居，房子的房顶几乎和他家的房基一样高，看上去像是住在坑里。

马清沛家西边不远的地方还有一家住户的门楼，好像被路埋住了一样，上书着"紫气东来"的牌匾几乎和路面一样高。除了有的房子高高在上，有的房子立在坑洼里，我们还发现一个很有趣的现象——村里大多数住户的院子都没有修建围墙。

"黄河滩区的村子差不多都这样，原来三年就淹一回，淹一回就得垫一回房台、盖一回房，我这么大岁数经历的很厉害的淹就有五六回，所以你看俺们村有的房子很低，有的房子很高，而且家家户户几乎都没有垒院墙，说到底这都是黄河常闹洪灾造成的。"马清沛还告诉我们，马集村本来就是一个"掉河村"，黄河一发大水就"滚"过来"滚"过去，半个多世纪，已被黄河从西往东"赶"着挪动过五六次了。

"在滩区真是住得够够的，穷了一辈子。小时候根本吃不饱饭，捡别人吃剩下的红薯皮吃，捡粪块儿烧水，而且住的是土坯草房。后来，住的条件虽然好了些，但手里却没有钱，仍然是个穷，看不起病，孩子甚至上不起学。村里的闺女们几乎都嫁到了滩外，娶进来的媳妇少之又少，光棍一年比一年多。"马清沛说。

马清沛说他有两个女儿，都是大学本科毕业，一个在成都当公务员，一个在河南长垣县当老师。他说自己不容易，大女儿四岁时老伴就去世了，自己又当爹又当妈，终于还是把两个女儿供得考上了大学，现在想想老祖宗说得"吃得苦中苦，方为人上人"很对哩。

马清沛说他走过全国很多地方，上海、海南、东北，还有新疆、内蒙古，用他的话说一些犄角旮旯的地方都去过。问他走这么多地方干吗？他笑笑说绝对不是为了旅游，早些年黄河滩区人根本不知道旅游是咋回事，之所以走南闯北，全都是为了生活，为了养家糊口。他说当初不停地外出打工挣钱供两个闺女上学，平时在家的时间非常少，所以两个闺女从上初中起就住校，很多时候星期天或节假日都不回家，个别时候还会去舅舅家里待上一天。

马清沛家有三间正房，屋里摆设很简单，除了正常生活所需，就只一台电视机。

他说这是第四次遭洪水后盖的房子，虽然不算好，却也安全了很多，因为房台筑得比较高。

"闺女考上大学就没想着让她们再回来吧？"我说。

"好不容易考出去了，再怎么也不能回滩区啊。"马清沛说。

"两个闺女都成家了？"

"是啊，都出嫁了。大的在成都上班，也就嫁到了成都，小的考到河南长垣县当教师，也就在长垣找了婆家。其实，这也是当初我供她们读大学的真实想法。"马清沛说。

马清沛告诉我们，当初还真怕孩子们考不出去，更怕孩子们一辈子留在这黄河滩区里。"从小就是两个没娘的孩子，长大了再继续受这黄河滩区里的苦，俺这当爹的想想都不忍心哩。"

送我们离开的时候，马清沛在院子门口耍了一阵白蜡杆。只见他微微一发力，白蜡杆子迅疾在他手中抖动起来，从杆尾抖至杆首。他动作娴熟，灵活多变，一根普通的白蜡杆在他手里竟然有如蟒蛇游动，说不出的松柔弹抖，道不尽的英雄气概。一个黄河滩区男人的刚强与坚韧，由此显现了出来。

"都是为了锻炼身体，俺这当爹的不把身体锻炼好，不是白白给两个闺女添麻烦吗。"

马清沛说，两个闺女还很小的时候他就注意锻炼身体了，那时候是怕自己身体出了毛病孩子没人管，现在是怕身体出了毛病给闺女添麻烦，她们平时工作都很忙，当爹的再怎么也不愿因为身体给孩子们增加负担。

俗话说，可怜天下父母心。父母的爱是天底下最无私、最动人的情感，是一份只求付出不求回报的爱。在马清沛身上，这样的爱体现得可谓淋漓尽致。

马清沛的两个闺女相继嫁出了滩区，说起来他很满足，觉得闺女们有今天他也对得起早逝的老伴了，所以想想心里就踏实。而许多年来，与他的踏实相对应的，却是一些从外面嫁进黄河滩区的媳妇们的不踏实。

于素珍和秦素英就是从滩外嫁到长兴集乡的两个媳妇。

在长兴集乡的万亩虎杖园里采访时，正好和她们相遇，也就听到了她们的一番唠叨。

她们虽然只有三十几岁的年龄，看上去却有点显老，许是滩区的风吹日晒和生活操劳，"少妇"这样的词似乎早已经和她们不沾边了。

"想想可真是亏大了呢，当初咋就脑袋瓜子一热嫁到这么个穷地方呢？"于素珍说出这样一番话后，还不好意思地抬头望了望秦素英。想必她心里笃定，秦素英和她有同感，一旦从滩外嫁进滩内，那一准儿是跳进"火坑"了哩。

"当初怎么就嫁进黄河滩区呢？"我说。

"俺孩子爸是个实诚人，当时俺们都在县里一个企业干临时工，一来二去就好上了，想着他人好，以后对俺绝对也差不了。谁想到滩区这自然条件差得可不是一星半点，结婚十几年孩子倒是生了好几个，日子却每年都很艰难，家里盛钱的兜子天天比脸都干净。"看得出，于素珍是个直性子，想到什么说什么。

"遭洪水的时候是不是挺害怕？"

"当然啊，你都不知道那情景多吓人！刚结婚那年，收麦子不久就赶上了发大水，水都漫到院子里了，俺还从水里往外捞麦粒呢，边哭边用两手不停地捞。后来，水越来越大，再不走就没命了，只好撑着小船离开了。那一次发大水，俺们家好几个月日子都不安生。"说这话的时候于素珍依然乐呵呵的，那样子好像不是在说自己，而是在说电视上的某个新闻，这让我有些诧异。

秦素英看出了我的疑惑，忙解释："在滩区住上十年二十年的人，谁都经历过几次黄河大水，都见怪不怪了。不过近几年滩区情况好多了，上级也重视，想着法地帮俺们脱贫致富，而且这几年黄河没再发洪水，家里的房子也没再翻盖过，孩子们也都渐渐长大了。今年底再搬上新村台，日子就真的越来越好了。"

"就你会说话！"于素珍嗔怪地瞪了秦素英一眼，接着又笑了，"她说得也对呢。这不今天俺们就是来虎杖基地领钱的，一气干了五天五夜的活，今天结账俺俩每人领到2500多块钱，想想还是挺幸福呢。"

是啊，幸福很容易冲淡伤痛，幸福的时间长了，原来的伤痛也能笑着谈起了。

本想问一下她们当初从滩外嫁进滩内阻力有多大，看她们乐呵呵的样子，实在不忍心再让她们回忆那些不愉快的事，便就此打住。这时候，头顶上的一块云彩飘走了，阳光哗啦啦洒了下来，万亩虎杖冲着天空闪出一片鲜艳的绿。

我凝视着不远处那被黄河水无数次浸泡过的村庄，像是突然被自己此来的意义触动：滩区的存在与滩区人的经历，其实就是"天地不仁"沧桑岁月的一个证据，一个铁证。等到东明县的 24 个村台和一个外迁社区全部竣工，群众乔迁新居之后，这样的铁证将渐渐消失在历史中，而我的文字，将代替滩区人昔日真实的苦难，成为永久的"证据"。

7. 上学路

站在黄河边上望滩区，似是一片看不到尽头的平原。

我贪婪地远眺，发现天地广阔，万物自在，每一个村庄看上去都是那样富有生机。

那些正在农田里忙碌的滩区人，只有走近了才能看清楚他们黄土一样的面孔和脸上黝黑而深邃的皱纹。他们耕耘、浇灌，既像泥土一样的淳朴、深厚，也有一种神性的虔诚。但他们对于子孙未来的期盼，却从来都没有懈怠过。

到东明黄河滩区采访之前，曾经看过一份《关于黄河滩区综合治理的调研报告》，在提到黄河滩区的教育问题时，调研报告如此记录："黄河滩区的乡镇具有丰厚的黄河文化底蕴和良好的尊师重教传统，但由于受经济条件的制约，文化教育事业发展滞后。主要是教育设施落后，师资力量匮乏。仅调研了六个乡镇，就发现缺编教师264名。滩区学校设施普遍欠缺或较差，由于滩区条件差，新教师不愿来，目前教师特别是小学教师老龄化严重，缺少青年教师，尤其缺少英语和音、体、美学科教师，师资力量弱。现有教师大多是原来的民办教师转正，业务素质参差不齐，给滩区教育发展带来较大影响……"

不能不说，这份调研报告真实反映了黄河滩区的教育实际情况。

近些年，虽然东明县委、县政府以及教育和体育局、各乡镇，对于滩区教育问题一直真抓实干，做到了政策倾斜，扶贫优先，但因这里是黄河"铜头铁尾豆腐腰"的"腰"，黄河一回回决堤，一次次改道，一年年泛滥，一天天淤积，"扶"得总是没有毁得快。

在沙窝镇马集村采访，正值暮春，村子旁边的田野上庄稼长势良好，村子周围还有茂密的树林。离开村子往前走不多远，就能够看到奔腾的黄河。黄褐色的河滩上没有绿，只有真实的泥土。而黄河流到这里，河水很急，也很凶，浪涛拍击岸堤发出怒吼般的啸叫。就人类而言，黄河滋养了华夏儿女，是大自然给予中华民族的礼物。但滔滔河水，在滋养沿黄百姓的同时，似乎也让贫困落后像泥沙一样沉淀在了滩区。

王小红的家有点与众不同的味道，没有篱笆，也没有栅栏，院子直直地冲着村街。

走进门，我和同行的记者都在打量这个院子，彼此脸上的表情显着疑问：这样的院子，安全吗？

"这样挺方便，开个车什么的，一下就进来了。"王小红说。

"滩区的很多人家好像都没院墙，不过有篱笆和栅栏也安全些。"我说。

"自然条件决定的。有院墙还不如没院墙，早些年总是发洪水，房子都保不住，修了院墙同样被冲垮或者被泡塌，白多花了一份钱。"王小红说。

"这些年在滩区生活，是不是感觉挺难的？"我说。

"还行吧。如今滩区生产生活条件与过去相比有了明显改善，不过终归受特殊地理位置的制约，许多村庄的基础条件依然很差，很多村子甚至没有公路，孩子上学、出行、购物、就医等都很不方便。当初嫁过来的时候，根本没想到会这样，好在马上要搬迁了，苦日子也熬到头了……"

王小红是经亲戚介绍从贵州安顺嫁到沙窝镇马集村的。

王小红说当初只知道山东自然条件比较好，经济发展远超贵州，嫁过来后才知道，黄河滩区的自然条件比贵州的一些地方还要差。她说整个沙窝镇就马集一个行政村在黄河西岸，村人们多少年都在与频繁的水患较劲。庄稼淹了，道路毁了，房子都泡在水里，但咬咬牙挺过去，生活还得继续。只是每遭一次灾，大伙儿就要把辛苦积攒的血汗钱再一次投在修房子上，房台虽然越垫越高，日子却是越过越穷。

"自然条件差就差吧，大不了吃点苦，受点罪，可孩子们上学，没想到也会这么难！"

王小红有三个孩子，两个儿子一个女儿。两个儿子一个在西藏当兵，一个在外面打工，女儿马晓萌正在读高三，还有一个多月就参加高考了，她说最挂心的就是这事。

"孩子从上小学开始，就得过黄河去东岸。黄河上有浮桥，平时过河没啥问题，但浮桥不通的时候只能冲船过河，一旦发洪水孩子上学也就成了问题。"

王小红说虽然同样地处黄河滩区，马集村同黄河东岸的村庄却不一样。东岸那里有学校，西岸没有学校。孩子们上学要跨过黄河，很多时候就像跨过一道"天险"。

王小红回忆起女儿马晓萌读小学的时候，黄河上经常发洪水，有时洪水漫了滩，有时洪水没漫滩，可无论怎样对孩子们上学都会造成影响。有时被泱泱的洪水阻着，很多天都不能去上学。

有一年黄河发大水，孩子们一个多星期不能去上学，每天都会走到河边，望着对岸心急如焚。有一天学校的老师也等急了，同样跑到河边大堤上往这岸观望。孩子们在这边冲老师摆手，老师在那边冲孩子们摆手，那情景家长们看得很是心焦。因为上学不便，有些孩子只上到二三年级就辍学了。

"孩子们上学太难，一发大水就得停学，三天打鱼两天晒网，成绩上不去。家长钱没少花，慢慢就失去了让孩子上学的兴趣，有的不发大水也不让孩子上学去了。"王小红说，"这样的条件怎么能和别的地区比？过去那些年，我们这里的学生考上大学的屈指可数，倒是有很多男孩女孩早早辍学在家，或到外面打工去了。"

王小红和丈夫十分注重孩子的教育问题，早些年就把女儿送到城里读了寄宿学校，她说黄河滩区条件再差，也不能不让孩子读书。在城里上寄宿学校虽然花费大，可孩子不用每天过河了，也就少了很多危险。

为让孩子读好书，也为改善家里的生活条件，王小红和丈夫这些年都在外面打工。她说光守着滩区这几亩地，怕是孩子读高中、上大学的费用都很困难。因此，她通过亲戚介绍到西藏拉萨的一家宾馆做前台，一干就是很多年。

"在西藏打工就是离家太远，交通条件也不好，有时一年才能回家一次，可收入比内地高，出门打工就是想多挣点，钱多了也想为孩子们创造好点的发展条件。"王小红说。

一条黄河，像一根紧绷的弓弦，从来都没有松弛过。黄河阻隔了滩区孩子们的上学路，一直是令很多人揪心的事。好在很快要搬迁到新社区了，王小红说终于能松口气了，而且闺女马上就要考大学，再也不用走这滩区的上学路了。村里的孩子还有很多，一代又一代，他们的上学路从此都是顺畅的。

有人说，河流到哪里，人类就跟到哪里。

人有着逐水而生的天性，却也逐水而生出了许多意想不到的问题。采访中，沙窝镇的领导就很有感触地说，每年一到汛期，从国家黄河防汛抗旱总指挥部、黄河水利委员会到黄河两岸的各级地方政府，神经都像是突然间绷紧了。一为群众的生命财产安全，二为孩子们的上学问题。好在随着滩区居民迁建工作的开展，难题快要迎刃而解了。

不久前，东明一中高三年级新冠肺炎疫情后复学，王小红说有记者专门来采访，想看看孩子是咋上学的。她和丈夫送女儿晓萌走，记者就一路跟随着，记录下了女儿疫情后的上学路。

马晓萌每次上学都要通过浮桥过黄河，到离家十几公里的县城第一中学上学。2020 年 4 月 15 日，高三学生按照规定时间复学，马晓萌再次跨过黄河返校，当时孩子既兴奋又紧张。

"兴奋的是终于开学了，紧张是因为离高考时间太近，孩子担心时间不够用，高考考不出好成绩。"王小红说。

王小红这样说着，找出一张 4 月 16 日的《大众日报》给我看，上面有一篇题为《黄河滩区"萌萌"复学记》的文章，是记者对那天女儿上学情景的报道：

　　早上 9 点多，马晓萌的妈妈一边蹲着收拾行李，一边叮嘱女儿到校后的注意事项。

　　由于疫情防控需要，学校实行全封闭式管理，妈妈为她准备了牛奶、手纸、口罩、台灯等满满一箱子物品。

　　马晓萌一边点着头，一边收拾着自己的书。

　　在家这段时间，她一直没有放松学习，手机里面设置了起床、洗漱、晨读、网课等十几个闹铃，把一天的时间安排得满满当当。

　　"在家上课学不学老师看不到，全靠自觉，7 月份高考，必须严格按照在校的作息时间，要不然会养成懒惰的习惯。"马晓萌说，除了做到在家与学校学习时间同步以外，她还会根据学习进度在网上找课程学习。80 多天后就是自己人生的一次大考了，所以必须搏一搏。

聊天时，厨房里飘来了阵阵香味。为了不耽误下午的返校，家里准备中午早点开饭。

"中午吃炖冬瓜，是萌萌喜欢吃的。在开学前给她做顿可口饭。"马晓萌的妈妈说。

吃完饭，马晓萌到姥姥家告别，临走前搂着姥姥说："姥姥，我去上学了，你别想我！"

"嗯，我不想你！但你得想我！另外要记住多学习少攀比。"姥姥说。

萌萌说："'多学习少攀比'这句话，从小就听姥姥说，直到现在。"

与姥姥告别完已经是中午12点多，爸爸开着三轮车，她跟着妈妈坐在后面，踏上了返校之路。

路上，正好经过一片在建工地，数幢11层高楼外墙已经粉刷完成。

"这里有我们家的一套新房，今年7月份，我将会有属于自己的一间屋子，到时候我也高考结束了，就不用再跨河上学了。"马晓萌说。今年村里要进行搬迁，从黄河滩区搬到新社区，想到能住进新家，萌萌很高兴……

王小红告诉我们，女儿看到了这篇报道，高兴得手舞足蹈，并暗暗下定决心，高考一定要考出好成绩。

"女儿知道，这是大家和上级对黄河滩区孩子们的关心。原来那么苦，每次上学都要跨过黄河，今后搬迁到新社区，住上了高楼，再也不用担心发洪水了。"王小红说。

在东明县的黄河滩区，类似王小红境遇的家庭不止一户两户，而且有的更困难，家长们为孩子上学操碎了心。但很多时候操心到麻木了也解决不了问题，正如王小红所言，一片土地在苦难中浸润久了，也就忘记了幸福的颜色；一个人被沉重的生活压久了，也就忘记了曾经渴望飞翔的翅膀。

黄河九曲十八弯，能化宁静柔美为大气豪迈，而黄河的每一次华丽转身，都似裹挟着风雨雷电。这一次东明县黄河滩区的居民迁建，同样如风雨雷电，将孩子们的上学问题推到了前所未有的重视程度。

不久前，山东省教育厅相关领导专门来到东明，就黄河滩区居民迁建教育设施工程建设进行实地调研。领导们到长兴集乡八号村台和焦园乡五号村台，现场察看项目施工进展，深入了解学校建设规模、施工周期等情况。在建设现场，领导们听取了东明县教育和体育局关于黄河滩区居民迁建学校建设规划及进展情况、存在问题和今后打算以及意见建议的汇报后，要求统筹规划、统一设计、统一招标、统一建设、统一监理、统一验收，确保把黄河滩区居民迁建教育设施建设项目建成放心工程、精品工程。同时领导们还表示，今后相关政策要优先向黄河滩区倾斜，确保黄河滩区居民迁建教育工程早日建成投入使用。

"教育是根本，滩区居民迁建必须把滩区孩子们的上学问题解决好。"东明县教育和体育局领导告诉我们，从县里到局里，早就谋划好了下一步的教育工作，千方百计完成黄河滩区居民迁建新学校的建设任务，围绕"人人有学上、个个有技能、家家有希望"的教育脱贫目标，继续推进建档立卡学生教育扶贫工作。通过资助政策，实现建档立卡滩区贫困学生资助全覆盖，不让一个孩子因贫困而失学。

是啊，黄河滩区的孩子们曾经有着很不幸的上学经历，但终于这不幸要结束了。在滩区教育脱贫攻坚的道路上，一双双温暖的大手正紧紧拉着他们，一所所新建学校正为他们量身定制着，目的只有一个：激发滩区群众过上富裕生活的愿望和内生动力。

第三章
滩区的太阳

8. 迁建： 从梦想到现实

迁建是一种梦想。

迁建是一种现实。

从梦想到现实，很近，也很遥远。

东明县黄河滩区四个沿黄乡镇的很多村庄，之前都有过搬迁的想法，他们说谁都不想世世代代战洪水。一个"战"字，虽然有时能体现战天斗地的英雄气概，但对黄河滩区的群众来说，"战"得实在太累了。

在长兴集乡找营村采访，73 岁的老人刘进涛说起搬迁就很激动。他说今年春节除夕那一天，感觉特别有纪念意义，因为这是他一家在老村度过的最后一个除夕。明年春节，他们就会在新村新楼房里过新年了。

"再也不想垫房台盖房子了，这话俺说了不是一次两次，已经说了很多次。上级领导来了俺这样说，记者来了俺还这样说，外地的朋友来了俺照样这样说。"

刘进涛这样说的时候，眼里露着憧憬的神采。

刘进涛说在滩区生活最怕的就是发洪水。他年轻时经历过一场大洪水，为了生存，他和家人竟然逃荒要饭到了山西。

"跑出几千里地去要饭，那情景太惨了，至今想起来心里还不住地打哆嗦。"

很多年前，刘进涛和乡亲们就想过搬迁的事，可往哪里搬呢? 出了滩区连块盖房子的地方都没有。黄河滩区常常阴沉沉的，一天到晚泥泥巴巴，每一个人的心也都像是潮湿的。

2017 年 5 月的一天，刘进涛在自家没有大门的小院里，迎来了山东省委书记刘家义。

刘进涛说，省委书记是专程来向他们征求搬迁意见的，与他拉家常，详细询问了他家里每年能够收入多少，翻盖过几次房屋，愿不愿意搬迁到新村去。他当时就对刘书记说，自己和村里人一天都不想再在滩区了，这辈子他已经垫过五次房台，也盖了五次房子，从土墙到砖墙，淹塌了盖，盖了再被淹塌，一辈子挣下的钱差不多都用在了垫房台和盖房子上。

"很多年前，村干部就和乡亲们商量过往外搬迁的事，可俺们村的土地都在滩区内，搬到滩外占人家谁的地？再说搬离远了也不方便种地。所以，这事商量来商量去，也只能是个商量而已，没有政府的帮助，根本不可能弄得成。"

刘进涛说，他这一辈子就干了两件事：种地和盖房。现在真的不想再盖房了，没想到省委书记真把他的想法当回事了。四个月之后，又给他打来电话，继续征求意见，问他对于搬迁还有什么诉求。

"咱能有什么诉求啊？只要能搬到新村台，住上新楼房，不再受洪灾之苦，比什么都好哩。"刘进涛说。

事实上，很多年来，黄河滩区的群众一直用各种方式奋斗在"安居之路"上。

黄河滩区的群众特别想改变同祖辈一样的命运，但很多年来这只能是梦中的景象。

梦想与现实有时候很近，有时候又很远。有的人依靠个人奋斗进城居住了，彻底摆脱了洪水的威胁；有的人，无论如何也要把女儿嫁出滩区，至少不让下一代再重复自己的人生遭遇。但，那都是个别现象，真正难的是黄河滩区群体命运的改变。

据了解，新中国成立以来，山东黄河滩区就陆续实施就地就近筑村台迁建、外迁安置、防洪撤离道路建设等工程，也取得一定成效，对保障黄河行洪安全和滩区群众的生命财产安全起到积极作用。但由于资金不足、土地调整困难等原因，滩区安全建设一直滞后，而且外迁人口规模小，已经建好的避水设施也是标准低、数量少，滩区村庄受淹概率还是比较大。

2017年8月1日，针对黄河滩区居民迁建问题，山东省发布《黄河滩区居民迁建规划》。规划确定，到2020年底，山东省将全面完成黄河滩区居民迁建各项任务，基本解决滩区居民的防洪安全和安居问题。

需要说明的是，黄河滩区迁建包含着"滩区居民迁建工程"和"滩区迁建工程"，在迁建中又分"异地迁建"和"就地建设村台迁建"两种。

"黄河滩区异地居民迁建"是国家发展改革委员会补贴，迁建后的绿化、幼儿园、学校等可观的配套设施建设资金也由他们划拨。

"黄河滩区迁建工程"开始是国家黄委会的试点工程，因在河南试点成功，后便相继展开，所以百姓的迁建补贴由国家黄委会划拨，以后的配套资金则由市、县两级政府投资。迁建和配套设施建设，很多时候是同步进行的。

在居民迁建中，贫困户搬迁属于"居民迁建"，他们享受的政策、待遇、国家补贴很优惠，也很完善。而非贫困户搬迁则属"同步搬迁"，国家补贴分为二期和三期两种，二期、三期时间相隔、物价有别，但总体相差无几。

应该说，这是一次根本性的改变，真正让黄河滩区群众的梦想变成了现实。

刘国顺是焦园乡小王庄的村民，他们村西面是滚滚的黄河水，东面是防洪大堤，他的家就坐落在黄河与大堤之间的滩区里。没到汛期的时候，这里是他们的家园，有多少年来一直耕耘着的土地、房屋，还有他们对美好生活的期盼。而到了汛期，这里就常常成了黄河行洪、蓄洪区，肆虐的黄河水就像脱缰的野马，迅速冲出河槽，裹挟着泥沙漫过庄稼地，甚至漫过村庄和一条条道路。

"那样的时候，院落一准儿被冲毁，房屋一准儿被泡塌……"很显然，刘国顺一点儿也不想回忆曾经有过的灾难，但他说谁都想好，要是能够把家搬到不发洪水的地方，"可真就是烧高香了哩"。

和很多黄河滩区人家的院落一样，进家门就得先爬坡，刘国顺家的小院同样没有围墙，左边是两间低矮的砖土结构房，房子里阴暗潮湿，放着几口缸和一些塑料布；右边是两间没有门窗、没有屋顶的房子。正面的三间堂屋，最显眼的门楣上，有两道三指宽的裂缝直冲着屋檐。

"人不认命不行哩，生在滩区住在滩区就是被淹的命，像俺们村里的人，哪家没经历过洪水呢？"

刘国顺说有一年洪水漫过窗沿，屋里的玉米顺着窗棂缝隙漂了出去。还有一年，家里刚刚建起来的新房被洪水浸泡了一个多月，地基松了。

"地基一动墙就得裂，房梁就得歪，住不了几年就得塌。"刘国顺说。

"有过搬家的想法吗？"我说。

"怎么能没有呢，可想法只是想法，祖祖辈辈在滩区，想搬又能搬到哪里去?"刘国顺说。

与刘国顺一样，滩区很多村里的人都想过搬迁，可搬迁会遇到很多实际问题。

长兴集乡的相关领导就深有感触地说过，有些问题看起来很简单，解决起来却复杂又复杂。

长兴集乡有一个叫安庄的村子，紧靠着黄河大堤，因为多年挖土修建大堤，村里地势比河床底部还要低，每次发洪水都是遭灾最重的地方。2003年那次发大水，村民梁兰英家里的北屋被泡塌。当时，她抱着刚刚九岁的女儿窝在摇摇欲坠的偏房里，望着屋外电闪雷鸣，暴雨如注，洪水一尺一尺漫上来，她说那情景吓得自己直打哆嗦。后来，随着轰隆一声响，偏房的墙壁还是倒塌了，她吓得不知所措，怀里抱着的女儿发出惊恐的叫声。

洪水退了之后，梁兰英就和丈夫商量，能不能想想办法搬到滩外去住。

"自己在滩外没有土地，根本不可能盖房子，只能出去打工干些粗活累活，但也只是暂时的，想在滩外站住脚也是不太可能的事呢。"梁兰英说搬到滩外不再遭受洪灾，那样一家人的生活也就安全了。她说当时多么希望上级能出面划定一块地方，帮助滩区群众搬出这水窝窝啊。

2003年洪灾之后，当地政府还真做出了决定，将乡里所有紧靠大堤的19个村庄就近迁到大堤以外。但在滩外建新村庄需要土地，只能用滩区里面的土地跟滩外的换。

"一亩半换一亩，可人家滩外的人依然不情愿。"梁兰英说这能理解，谁愿意住在滩外又要到滩区里来种地呢？再说滩区里的地说淹就淹，每年开春种上庄稼，秋后能不能有收成都很难说呢。

在政府多方协调下，土地总算换成了，可意想不到的问题又来了。土地面积不大，分到每家每户的宅基地也只能够建三间房，而且规划的新村位置距离老村耕地三四公里远，中间还要翻过一道黄河大堤。

"家里人多，不光孩子，还有老人，三间房子怎么能住得下呢？而且种地那么远，麦收秋收都很麻烦。"梁兰英说后来他们家放弃了搬迁，虽然搬迁是早就有的梦想，可梦想有时候与现实差得实在太远。

其实，早在1996年，当地村庄还有过一次搬迁的经历。当时，原计划整体搬迁紧靠大堤的所有村庄，但历时两年，因为很多实际问题得不到解决，也仅仅搬迁出去500多户人家。

长兴集乡相关领导告诉我们，两次外迁都是把紧靠大堤里侧的群众就近迁到大堤外，这已经是最近的迁移距离。如果再组织搬迁，就要把距离大堤较远的深滩区群众迁到大堤以外更远的地方。而如果那样，有些群众的耕作半径将会超过20公里，难度实在太大。

实事求是地说，两次搬迁都不成功，但对于滩区的群众来说，脱贫的第一步就是脱离滩区，安居是他们最大的期盼。多少年来，随着一次又一次的洪水泛滥，黄河滩区群众的房屋从倒塌到重建，从绝望到希望，他们一直在"安居梦想"的路上追逐着。

在菜园集镇洪庄村采访时，村文书徐国起同样说起他们村的一次搬迁，感触同样很深。

"上级领导的想法都很好，可很多实际困难摆在那里，搬迁确实没法实现。"徐国起说。

按照上级的部署，1996年洪水之后，菜园集镇的洪庄、岳新庄和兴隆屯三个村子要搬到滩外去。徐国起说是镇政府帮助协调的，村里拿地和滩外置换宅基，一户一个院、三间房，每户分两次交7500元，第一次先交3000元。但搬新村时旧村里的房子都没拆，结果搬过去没多久很多人家又都搬了回来。理由和长兴集乡一样。

"一是家里人多的户三间房子根本住不开，二是新村离老村太远，种地不方便。再怎么说村人们还是得依靠种地生活，离得七八里地远，天天来回跑着也不可能。"

据悉，山东省政府在2018年的工作报告中就提出，要加快推进黄河滩区群众脱贫与迁建，保质保量完成全省易地扶贫搬迁任务。如今随着黄河滩区居民迁建工程的推进，多灾多难的滩区正迎来千百年未曾有过的发展机遇。在东明县的长兴集乡、菜园集镇、沙窝镇和焦园乡采访，我们看到24个村台和一个外迁社区正拔地而起。滩区大部分村庄与黄河多年相伴，村民们受尽了洪灾之苦，如今很快就要搬进独院小楼，远离洪水，再也不用重复"三年攒钱、三年筑台、三年盖房、三年还账"的日子，开始了安居乐业的新生活。

据了解，就整个菏泽市黄河滩区的搬迁来说，深刻汲取了此前搬迁尝试的经验和教训，将搬迁分为两种模式，距离黄河大堤较近的滩区居民采取外迁模式；距离黄河大堤较远的，为方便滩区群众农田作业，采取就近就地筑村台的模式。东明县除了一个外迁社区，24个村台都属于就近就地筑村台模式。按照《山东省黄河滩区居民迁建规划》，人均建筑面积不超过40平方米。菏泽市发改委农经科庞青山接受采访时称，黄河滩区居民迁建资金共分为三个板块，省以上补助一部分，土地增减挂钩一部分，群众自筹一部分。为不增加群众负担，群众自筹部分原则上人均不超过一万元。

这是一次历史性的改变，经过无数次讨论与设计，无数次细节规范与落实，其中掺杂着无数人的汗水，也击碎了无数的现实阻隔，充分彰显了各级党委、政府脱贫攻坚工作的决心和毅力，更彰显了愈发有力的为民本心。

东明县委领导告诉我们，2020年底，黄河滩区群众就将全部搬进新村台上的新楼房，这是脱贫攻坚工作的一个检验石，既能检验出各级党委、政府爱民亲民的态度，也能检验出真正的民心所向。

写到这里，笔者猛然想起一个古代的落魄文人，此人名叫孙髯，字髯翁，号颐庵，是清朝雍乾年间昆明的一位寒士。这个穷秀才颇有些性格，看到当时科举制度的腐败和官场的黑暗，毅然放弃登科进第的欲望，在青山绿水间度过了他清贫的一生。此人一生没有什么皇皇巨著，却有"天下第一长联"享誉海内外，至今昆明大观楼上还镌刻着他写的这一长联。如果孙髯翁生活在当今，生活在黄河滩区，看到24个村台和一个外迁社区拔地而起的情景，一定会从青山绿水间走出来，书写出更长的一幅"天下第一长联"，赞美黄河滩区居民迁建的辉煌成就。那长联，想来一准儿气魄宏大，撼人心旌。

9. "村台" 的热度

机器轰鸣，长长的钢管如同一条巨龙，向外喷泻着湍急的黄河水，饱含泥沙的水流不一会儿就淤平了一大块土地。

这是东明县焦园乡四号村台的淤建施工现场。

虽然正是除夕的下午，但工地上仍和往常一样忙碌。

"工地 24 小时都不能离开人，这个年就在村台上过了。"黄昌书一脸喜悦地说，"就盼着把村台早日建好，我们住上新房子。"

黄昌书的家就在不远处的黄夹堤村，等这个村台建好后，他和附近几个村子里的 4000 多名村民就将搬上大村台，住进新居所，告别祖祖辈辈遭受黄河水淹的命运。所以，当这个村台建设需要征用他们村的土地并要拆掉一些房屋时，他们没有丝毫的犹豫……

这是 2019 年春节期间，《大众日报》一篇报道中的描述。

当时，整个东明县黄河滩区居民迁建的村台建设工程正如火荼推进着。

那些天，"村台"成了当地滩区群众拉家常的高频词。而之后的一些日子，随着村台的吹填完成和迁居小区的建设推进，这个词越来越热。有"好事者"做过不完全统计，称无论是县直部门的机关干部，还是黄河滩区的普通群众，差不多每天从嘴里溜出"村台"

二字的数量，在 15 到 30 次。

"黄河滩区居民迁建工作，其热度是先从村台开始的。"东明县黄河滩区居民迁建指挥部领导告诉我们，两年前山东省委书记刘家义来调研滩区迁建问题时，提出了就近建设大村台的思路。当时，刘家义书记强调："要科学规划、精心设计好黄河滩区蓝图，根据实际情况分类迁建，真正让滩区群众安居乐业。"

按照省委、省政府有关指示精神，经过审慎决策，尊重黄河滩区群众不愿离乡、渴望就近改善生活条件的意愿，最后确定结合实际在黄河滩区内"筑建大村台，建设新社区"，并以此作为推动滩区搬迁扶贫的主导举措。

"其实，滩区群众最关心的，莫过于自己往哪个村台上搬，村台到底会建成什么样子。说起来，滩区群众想得还是方便和实用。"焦园乡八号试点村台乡级指挥长郑强胜说，帮助滩区群众居民迁建是一件大好事，但好事能不能办得让群众满意，也得想想群众心里的那点"小九九"。

按照最初的方案，汤庄村和焦园村要一起搬到七号村台。方案一公布，汤庄村民就有些不乐意了。他们认为，焦园村比汤庄村人多，做生意的也多，经济条件自然好于汤庄，平时家家户户建的房子也比汤庄的房子好，搬迁难度自然比汤庄大，而且两个村的耕地也不相邻，将来调地种地都不方便。因此，汤庄村民普遍想搬到八号村台，和附近的荆岗村住在一起，因为两个村的耕地相连着。

这样的事其他村能答应吗？事先都做好了方案，方案改过来改过去，大费周章不说，能行得通吗？

"什么事都可以商量，上级既然是为滩区群众办好事，就必须把事办好，而且能把好事办得更好，不就成了锦上添花吗？"郑强胜说话很随和，他说为此汤庄村特意把荆岗村的干部请到一起商量，再加之包村干部从中协调，最终汤庄村群众的意愿得到了满足。

"村民为搬到哪个村台苦恼，而工作人员却为选址绞尽了脑汁。"按照不超过 3 里路的耕作半径，根据卫星坐标，工作人员先为八号村台设计了第一套方案。然而，拿着这个方案实际测量放线时，大伙却傻了眼。"定点一看，还真不行，占压了路面不说，而且还牵扯到四个村的出行问题，总不能把路给卡了吧？卡了路哪个村都不同意。"郑强胜说，方案当场就被否定了，紧接着大伙又商量出了"往北平移"的第二套方案。"可一放线问题又来了，村台与东边、南边两条路之间各形成一个狭长形的三角地带，这样形状的土地群众今后种没法种，均分又没法均分，只能再调整。"

第三次调整，村台继续往北移动，但既要以两条路为基准，又要保持村台台顶的面积不变，只能对村台的形状重新设计。"两次北移和重新设计后，村台占地面积又扩大了，新征了87.3亩土地，八号村台选址才算最终尘埃落定。"

东明县滩区居民迁建指挥部领导刘庆喜说，村台选址的第一个原则，就是要符合整个农村社区规划；第二个原则，是立足滩区村庄实际和地缘关系以及土地的远近；第三个原则，是尊重当地群众的意愿。

听东明县领导说出"意愿"两个字时，笔者禁不住想到了许多地方因为迁建问题引出的长吁短叹和大吵大闹，问题的症结其实还是在"意愿"两个字没有落实好，如果都能像焦园乡汤庄村的包村干部那样，让所牵扯的几方坐在一起，心平气和地把工作做细、做通，问题也许都能迎刃而解。

郑强胜还告诉我们，焦园乡八号村台是首批黄河滩区居民迁建试点村台，最终占地面积929.7亩，涉及荆东、荆南、荆西、汤庄4个行政村的6个自然村1537户5345口人。按照先行先试的要求，试点村台建设没有什么经验可循，更没有什么固定模式可依，如何科学稳定推进，这是一个很重要的问题。

说起开始酝酿村台建设的问题时，郑强胜说当时都不知道如何干，后来上级结合实际提出要求，村庄要就近整合，不增加居民的生产半径，将村台建成一艘永不沉没的航母，这才有了方向。

"什么事说好说，真正干的时候麻烦事还是一大堆，村台选址是一个问题，而动员迁坟一事，更是问题，而且还是意想不到的问题。"郑强胜说，东明县这一带很讲究身后的事，讲究墓地风水对后代的影响。在这项工作推进中，那些家族"香火"旺的，一辈一辈比较长寿的，辈辈都出"能人"的，很相信祖坟上冒青烟、风水好这样的说法，所以不愿意迁，可不迁村台就没法建。

"只能一点点做工作，开始乡镇领导想让村干部、党员起模范带头作用，也有不少村干部和党员愿意率先垂范，但祖坟毕竟是一个家族的事，如果是大家族，爷爷奶奶、叔叔大爷、堂兄弟等一大家子好几十口人，即便其中有一两个党员同意，他们也不敢自作主张，何况迁坟也不是一两个人能办得了的事，总不能签完字就偷偷摸摸起坑迁走吧？即便是迁，也得先选好地方，何况按照当地风俗，迁坟是家族的头等大事，要择吉日吉时，把老亲少眷请来，还要放鞭炮举行祭拜仪式。"郑胜强说。

"村台"的热度，是一桩又一桩的事"热"出来的，但无论什么样的事，都得一桩一桩地解决好。

采访中我们发现，无论原来在什么单位，有过什么权力，战斗在黄河滩区居民迁建工作第一线的县、乡干部，责任心都比较强，要求却很少，他们走家串户，说破了嘴皮子，磨破了鞋底子，最终硬是把迁建中所遇到的一切难题都解决了。

当然，这都是滩区居民迁建中的软实力，硬实力是怎样在滩区建起坚固的高大村台。

郑强胜告诉我们，经过反复实验和论证，发现就近取材，利用黄河沙土资源，通过吹沙沉降是最科学、最现实的选择。于是，在过去的两年多时间里，从东明县委、县政府到沿黄各乡镇党委、政府，再到所涉黄河滩区的每一个村庄，上下同心，攻坚克难，唱响了千亩村台建设的主旋律。

"从一开始就本着地相近、人相亲、俗相同的原则，将周围村庄就近整合。村台建设需要经过修筑围堤、吹沙淤台、半年沉降三个阶段，结实牢固后才能在上面建房。"焦园乡领导告诉我们，"村台"仅有一个词的话再热也是虚的，真抓实干，真正把村台建设好，把黄河滩区居民迁建搞好，才是最最实在的。

后来，随着"村台"这个词的热度越来越高，各级党委、政府肩上的担子也越来越重。

在东明县黄河滩区居民迁建指挥部，我们看到一份资料，上面清楚地记录着全县24个村台的建设情况。自2017年7月两个试点村台正式开始吹沙淤填以来，全县黄河滩区的24个村台，吹沙淤填工作历时23个月，共动土8240万立方米，其中吹沙淤填6870万立方米。在村台吹沙淤填前，24个村台共清理占地1.8万亩，转移群众1611户，伐树18万棵，迁坟5503座，架设高压干线12条90公里，安装变压器405台，铺装抽沙管线163条980公里。

据了解，这些集中修筑的村台高度一般在5米左右，可防20年一遇洪水和8级地震。最大的长兴集乡三号村台，占地面积1158.71亩，可安置8100多人。

仅看这些数字，可能有些枯燥，可这些枯燥数字背后，透出来的是民生关怀的温度。

东明县黄河滩区居民迁建指挥部领导还告诉我们，在村台吹填期间，从县里到各乡镇，相继克服黄河含沙量不足、河面管线经常被强对流天气撕裂、黄河泄洪流量持高不下抽沙船必须停止作业等不利影响，通过增加抽沙管线、加强施工力量、压缩维修时间等措施，确保了吹沙淤填的进度。之后，各村台便紧锣密鼓地进行强夯和地基处理以及建筑设计，迅速把滩区迁建工作推进到了台顶社区建设新阶段。

2020年3月26日下午，在长兴集乡的八号试验村台施工现场，我们看到刘小台行政村村民郭雨付如往日一样，到处查看施工进度。郭雨付说他家距长兴集乡的八号村台也就一公里多的路程，自从村台开始吹沙淤填，他每天都会过来转一转，看一看。

"俺家几代人都在黄河边上住，说靠天吃饭都轻了，有时候洪水来了房倒屋塌，那真是靠天活命哩。"郭雨付说，他从一开始就知道，筑好大村台后就在上面建设别墅式的小洋楼，住进新居就能过上安定的生活，谁能不愿意早点儿搬呢？

郭雨付说刚一看到吹填起来的大村台时，他惊叹得嘴都合不拢，原来每家每户费了那么大的人力和物力垫房台，洪水一来哗啦就给冲倒了，"如今这颇具现代化的大村台，再发洪水也不怕了。看着村台和村台上正在建设的小洋楼，心里可真是踏实哩！"

郑强胜还给我们讲了一个故事，说刚开始吹填村台的时候，周围村庄里的很多村民跑来看，大家都不知道吹沙淤填是咋回事，就有些好奇。望着一股股泥沙顺着管子激流而出，很多人感叹不已。而一位胖胖的妇女，却突然冲到管子口边，非要伸出手来接一把往外涌着的泥沙。工作人员好不容易将其劝离，那妇女却说："见过管子里出水，没见过管子里出泥沙，如此湿软的泥沙垫成房台，咋能撑得住在上面盖楼房呢？"

"这样的事情得解释老半天，所以黄河滩区居民迁建不仅仅是建村台和建楼房，还要在滩区群众头脑里建立新观念，让大家适应这正在变化着的新生活。"郑强胜说，在滩区居民迁建工作中，还发生过很多引人思考的故事，有的故事甚至挑战我们的想象力。

其实，不仅是滩区群众，第一次去滩区采访，见到那广阔的大村台时，我和同行的记者朋友同样被震撼了。站在高高的村台上，犹如置身于旷野，其广阔宽大的程度使我突然感觉自己很渺小，小到如一棵小草，一只蚂蚁，一只蚊子……但再仔细想想，被热议着的"村台"彰显的是人类智慧的不可估量，

村台建设商场、学校效果图

是黄河滩区美好未来的蓝图。

采访中，东明县委相关领导告诉我们，为给滩区群众一个"稳稳的家"，在克服各种施工困难的同时，从县里到乡镇，再到滩区的各个村庄，共同抓住了两个关键点：一是多渠道筹集资金，确保滩区居民少花钱就能建好大村台，就能住进新楼房；二是坚持科学规划和高标准建设，坚持"一台一韵、一村一案"，新社区要实现道路、路灯、自来水、卫生室、学校、下水道、污水处理、娱乐活动广场等基础设施配套齐全，为居民提供安全优美的居住环境。这轮居民迁建先从建设村台开始，不仅能从根本上解决始终困扰滩区居民的安居问题，更是滩区群众脱贫致富的重大机遇。

的确如此，今后外地人走进东明，怎能不去黄河滩区看看24个大村台？离开东明，怎能不忆大村台？也许，你会觉得这样说未免有些夸张，去了一趟东明，看过黄河滩区，就"怎能不忆"了吗？

其实，这样的感觉很真实，也没有任何做作。你会发现黄河滩区不仅仅有大村台的建设，还有村台上那精妙的设计，活生生让人感受到了水与灵魂的呼吸。每一个台阶，每一处院落，每一条道路，都令人放飞遐思，对比着过往的每一次洪水泛滥时的情景，历史的变换便也显得如此清晰。

不能不说，村台建设是一项凝聚伟大的智慧和灵感的工程。

这样的智慧和灵感，必将被写进我们这个民族改造自然、利用自然的历史中。

10. 35 平方米有多大

在农村生活过的人都知道，什么季节种什么庄稼，什么季节长什么庄稼，什么庄稼在一个季节的什么时候长成什么样子，都是有定数的。

一方水土与一方人文，同样如此。

地域与文化息息相关，比如黄河滩区的那些村庄，甚或村庄里的某一处水塘，无不都与黄河和黄河文化紧密联系在一起。

黄河多像一根绵延的藤蔓，在西部冒出细嫩的芽尖，到了东部却结出一串丰硕的果实。正是这样一条绵延的藤蔓，组合成了黄河文化深奥的生命密码。应该说，坐落于黄河滩区的村庄沾了黄河的光，也吃了黄河的苦。奔腾的黄河水将这里冲击成一个童话般的胜境，又让这里显现出苦涩的生活画卷。

我们站在焦园乡甘东村的街头，望着这个安静的小村，望着村里高高矮矮的房台和房台上各式各样的房子，突然就想，搬到新居之后，是不是再也找不到如今小村的模样了？

正是暮春时节，田野葱郁，树木葳蕤，村子里很安静。

这些年，村子里的青壮年大多选择去外面打工了，只有割麦收秋的那几天，还能见到些许的壮劳力，平时待在村里的，除了上学的孩子，大都是老人、妇女和身体病弱者。对于此种情景，甘东村支部书记朱合起说，黄河滩区的村庄大都这样，只要不发洪水，看上去都很安详，田野里的庄稼也都长势很好。

"早些年，洪水多发在夏季或秋季，正是庄稼长势最好或马上收获的季节，所以一到夏天或秋天人们就担心。"今年59岁的朱合起，在村里已经当了17年的支部书记，算得上乡村里的老干部。他说刚当支部书记的2003年秋天，就经历了一场大洪水。上游河南省兰考县的生产堤先后三次决口，致使东明县的焦园、长兴集两个乡镇的135个村庄近10万人被水围困，20万亩秋季作物颗粒无收。

"那场大水，都淹到了这里。"朱合起指着旁边一堵青砖墙上曾经的水印说。那样的高度，已经超过了他一米七五的身高。朱合起说当时还连续四次降下大暴雨，降雨量达400多毫米，县城都出现了严重的内涝，滩区自然受不了。

朱合起说那次大水甘东村的房子倒了很多，倒了只能重新盖。农村人没儿子的都想要儿子，要了儿子又愁垫房台盖房子，一个儿子一处房，一辈子好像都是为了挣钱干这事，想想挺悲哀的。

朱合起正说着，迎面走过来村民胡扎根。胡扎根当过兵，1977年由铁道兵退伍，回到甘东村已经40多年。他说他家的房台虽然比别人家垫得高，可同样抵不住那样一场大洪水；当时全家人是政府派船接走的，在滩外安置点住了十几天才回的村。

"马上要搬到一号村台的新楼房了，是不是很高兴？"我说。

"当然高兴。"胡扎根说。

"搬新家后有啥打算？"我说。

"没啥打算，就想好好过日子。"胡扎根说。

"不想添些新家具，把新家布置得好好的？"我说。

"当然想，可也不知道新楼房住着舒服不舒服。"胡扎根说。

"新楼房住着会不舒服？"我说。

胡扎根没再回答问话，嘿嘿笑了笑，躲到一边去了。

朱合起说村民们开始都有这方面的担心，原来村里每家每户的房子院落都挺大的，搬上新村台后按照规定每人35平方米的住房，农村杂七杂八的东西多，比如生产用具、喂养家禽什么的，这么大的面积能不能住得开呢？方便不方便？

这还真是一个问题。

住在城里的人，永远都想不到这样的问题对于农民来说有多重要。

据了解，滩区居民迁建房屋按规划有 70 到 210 平方米共 10 种户型，村民们每人基本拥有 35 平方米的面积，如家庭人口 4 人，仅需缴纳 4 万元自筹资金就可以得到一套 140 平方米的住房，人口在 6 人及以上家庭，仅需缴纳 6 万元就可得到 210 平方米的一套住房。

刚开始，有些村民对 35 平方米没什么概念，总认为这样的面积会很小，不够住。对此，焦园乡党委书记张建国说，滩区群众的这种心理很好理解，住了几辈子的老屋老院，一下子离开自然舍不得，也不适应。新住房设计方案公布后，有人不知道 35 平方米到底有多大，后来很多群众就到村台建设现场察看，并对照各种户型规划自家的未来生活，渐渐心里也就踏实了。如今居民迁建工作正在有条不紊地进行中，群众很快就会住上舒适安全的"别墅"了，"黄河滩"也将会慢慢变成美丽的"花果园"。

2019 年初，菏泽市政府在工作报告中就指出，把黄河滩区居民迁建作为打赢脱贫攻坚战的重中之重，把群众的居住安全作为首要任务，聚集各方力量，努力实现"一村一品、一台一韵"，建成美丽乡村示范点。

泱泱滩区，天赐之地，烟雨千百年，风尘一路走。

如今，四处春光好，宏图展新篇。

脱贫攻坚中，黄河滩区吹响报晓的号角，唤醒了干部群众的精神之光，干群之间的那股亲劲儿、拼劲儿、韧劲儿，紧密地融合在一起，共产党人的服务意识与民心民意，在这里再一次重逢！

隔了一天，我和省城媒体的记者朋友又专门去了一趟焦园乡的二号村台，想仔细察看一番胡扎根所担心的问题。

是啊，人均 35 平方米的房子到底有多大？

"原先的滩区群众，可以说根本都没有固定的宅基地，都是自己垫台自己盖房，人口多的占地多，人口少的占地少。根据这一实际，整合相关资金，咱们制定了人均 1 万元换购 35 平方米新房的分配标准，并根据实际设计了 70 到 210 平方米不等的 10 种户型。"焦园乡党委书记张建国说，原来一年 365 天，黄河滩区多半的日子是黄沙飞扬。清早起来，家家户户的被褥上蒙着的是一层沙土；脆弱的墙角和空空的锅台，也被白花花的盐碱侵蚀着。"这就是早年俺们这个地方的情景，如今你看看，别墅式的小洋楼是不是胜过城里的电梯房？而且建成后都是标准化社区，统一供暖供气，统一供自来水，老百姓不出社区

新村台上即将竣工的小洋楼

就可以上学、看病，还能在滩区发展乡村旅游，一个村台一个特色，一个风格。"

　　焦园乡二号村台指挥部常务副指挥长、东明县市场监管局局长魏凤岭，正好到指挥部督导滩区居民迁建工作，听说我们要了解滩区迁建进展情况，便很有感触地说，自己是滩区出来的孩子，深知滩区百姓多年来在住房、行路、浇地、吃水、上学方面存在的六大难题，而且受特殊自然地理条件和黄河防洪政策的限制，黄河滩区人均可支配收入比全省平均水平的一半还要低，但最难的还是住房问题。因此，对于胡扎根等群众担心的住房大小问题，他说事先设计布局时已经充分考虑到了滩区群众的生活实际，每人35平方米完全能满足需求，而且每家每户的院子也挺大，存放农具、养点家禽，一点问题也没有。

　　在焦园乡二号村台建设指挥部，我们看到一组住房效果图，有一层的，有二层的，还有三层的，都是独门独院，看上去特别漂亮，完全是一栋一栋的小洋楼。村台乡级指挥长指着村台鸟瞰图说，村庄整体色彩为粉墙灰瓦，给人以大气清雅之感。虽然村庄布局总体上方正整齐，但纵向主要道路走向又有些蜿蜒曲折，房屋的层高、样式和布局，也有意做到了错落有致，从而避免了过于单调的横平竖直，呈现出了一定的韵律。从平面图上看，配套有学校、幼儿园、文化广场、商业街等公共设施，几乎每个居住区都有大小不等的绿地和街角公园，都布局在主要道路两侧，看上去很是别致。

看过效果图，乡级指挥长又带我们去看了两个基本建设好的小院。一个院子是两口之家，一个院子是四口之家，一个属一层住宅组合，一个属二层住宅组合，都是按照每人35平方米的要求设计建设的，两口之家的院子差不多是10平方米，看上去很宽敞。而房子的整体面貌是粉墙、灰瓦、坡屋顶，其风格比传统民居更加现代简约，但依然透着鲁西南传统民居的风格，院落、门楼、屋顶、檐口、照壁、雀眼等，都有意保留了当地传统民居的建筑文化符号。

离开那两处院落，我们又往前走了100多米，看了正在建设中的另一处二层住宅组合。附近村庄的一位叫徐美兰的妇女正满脸含笑地望着工人们忙碌，我们问她对这样的房子满意吗？她说忒满意了，并称自家就选了这种上下两层140平方米的房子，还告诉我们说一层有庭院，二层有露台，比城里人住得还要好，环境也很美。

眼前的一切，突然让我想到在漫长的史前时期，黄河流域的先民以极其原始的手段与大自然抗争，每造出一只粗糙的砍砸器或刻好一个原始符号，都意味着向文明迈进了一步，也向后世证明了黄河流域是人类文明的发源地，是华夏思想科学文化技术生成发展的源头。而多灾多难的黄河滩区，浓缩的不仅是附近人们的所有悲欢离合，更像是一个古老民族原生态的存在样本，黄河的影响力在这里常常超出人们的想象。然而，随着滩区居民迁建工程的实施，曾经的"影响力"被打破了，而代之的"新影响力"又将绽放异彩。

在长兴集乡八号村台建设现场，我们遇到了附近姚庄村的村民郭彦平。他说这两年他几乎每天都到村台上来，就想看看新楼房每天的施工进度怎么样。刚开始，他也认为每人35平方米的房子不够宽敞。到了麦收和秋收季节，各种粮食一大堆，院子里和屋里能不能放得下？现在天天在现场，看着自家的新房一天天在长大，就再也不担心了。

"刚开始看着很窄巴，现在看时间长了，感觉还挺宽敞。俺经常迈着步子量，这35平方米能赶上原来在老村时两间平房的面积大呢。"郭彦平说。

有人说，或许只有通过河流，人类才能接近生命的真相。在这里，河流是一个大的试验场，试出了现实的生活图景，也试出了各级领导干部踏实的工作作风。东明县黄河滩区的这一次居民迁建，所展现出来的正是各级党委、政府的实干、苦干、拼命干，以及巧干、精干、用心干。走进每一个村台的施工现场，都能看到县乡党员、干部们的身影，他们像滩区茁壮茂盛的泡桐树，稳稳扎根在乡野里，稳稳扎根在群众间，用火热之心溶化着滩区贫困的坚冰。

11. 沙窝三号：　有境界的搬迁

任何事物都有正反两面，寸有所长，尺有所短。

黄河滩区居民迁建也是如此，有热度，也有难度。

"沙窝三号"拆迁，就是一个热度和难度并存的代表。

听完相关领导关于沙窝三号拆迁的叙述，感觉再也找不到什么合适的词汇比"苦口婆心"四个字更能形容了。我对同行的记者朋友说，这四个字里包含最多的应该是一种有境界的真挚感情。如果没有感情，不可能苦口婆心；如果没有境界，感情也不会达到真挚的程度。

那位记者朋友笑笑，说爱心不冷，热血不凉，苦口婆心者扣住的是滩区群众的实际问题，从心跳的律动中把握其所挚爱事业，倾情奉献，所以问题都会迎刃而解。

还是直说沙窝三号拆迁。

沙窝三号同样是一个村台。

没到过东明黄河滩区的人不知道，如果不发洪水，那绝对是一片温暖的宝地，虽然地处偏僻，但散落在滩区里的村子犹如一个个充满温情的鸟巢，村民就像一家人，不论谁家杀猪，全村都有肉吃；不管谁家熬糖，村里孩子嘴巴都是甜的；有一家垫房台建房子，村里腾出空的人都会拿着各种各样的工具赶去帮工。在滩区的村子里，一人的事就是一家的事，一家的事就是村里的事。让我们受到触动，感到震撼的人心换人心的故事，就发生在这里。

2020 年 3 月 26 日，我们在沙窝镇三号村台项目建设现场，看到的是塔吊起落，商砼车熟练地倒车入位卸下混凝土，施工人员干劲十足，抹灰、砌砖，几十名戴着口罩的工人，形成一道防控疫情期间抢抓时机复工的独特风景。

"为营造如此一种景象，之前还真是经过了一番苦口婆心的工作。"东明县委常委、宣传部部长、沙窝三号村台县级指挥长李革新告诉我们，这个村台在全县滩区居民迁建中，是比较有代表性的一个村台，占地面积 1200 多亩，建成后将安置 13 个自然村的 9000 余人。

"还没有开始建设的时候，就需要对建设现场的高堌村实行整体搬迁。所以，沙窝三号村台也被称之为黄河滩区迁建'最难啃的硬骨头'。"李革新说。

沙窝镇三号村台是 2017 年 12 月 28 号开始抽沙淤填的。李革新说，这是全县滩区迁建中动工比较早的一个村台。而村台动工之前，涉及整个高堌村拆房、迁坟，村里群众因此抵触情绪很大，而这就需要干部们多方面做工作，解开群众心里的疙瘩。但刚开始县里和镇上的干部进村入户做工作、讲政策时，村民们甚至都不让进村，更不让进门。

当时，村民经过精心商量和计划，在村子周围挖了一条深沟，由青壮年轮班值守，像坚守阵地一样守卫着自己的家园。县里和镇里的干部要进村给群众做思想工作，还没到村里就被村民骂了回来。即使是一些女干部，那也不例外。

李革新眼看着计划时间节点一天天逼近，忙完其他工作就连夜赶到指挥部。看到指挥部成员十分沮丧，没有一点信心时，他心里也犯起了嘀咕，明明是改善群众居住环境，保障生命财产安全的大好事，群众咋就不理解、不支持呢？

思来想去，李革新认为还是宣传发动不到位，群众思想工作没做通。而说到宣传发动和做思想工作，作为宣传部部长，这应该是强项，强项怎么就不强了呢？于是，他召集沙窝三号指挥部的所有成员开会，从三个方面分析村台建设需要解决的问题，并提出了三个问号。一是，这是一项什么样的工程？他从历史原因、政治站位、领导要求到群众的期盼等，都讲得十分清楚，让大家充分认识村台建设的必要性和迫切性。二是，为什么会造成如此被动的局面？他从工作不深入、不细致、不贴切，该讲透的没讲透，不该说的胡乱说等角度分析了半个多小时，让大家充分认识细致地做好群众工作的重要性。三是，应该怎么办？这个问题，他一下子讲了十三点，让在场的每一位指挥部成员都清楚，一定要按照县委、县政府的要求办事，真正把好事办好。

当时，正值深冬，会议从下午六点开始，一直开到晚上九点。一番战前动员之后，大家的劲头鼓起来了，士气高涨了，加班饭也不吃了，都连夜到群众家里做思想工作。

怎么进去？从干部到党员，只能先易后难，各个攻破。

"当时，村里群众的工作挺难做，但县里和镇上的领导知难而进，对每一户群众都是苦口婆心。"高堌村党支书记乔明生也告诉我们，当时村干部们看在眼里，急在心里。"上级领导如此关心我们村的搬迁工作，群众却不理解，还是我们村干部没有把工作做到位。"

采访时，有乡镇干部想起当初的情景就叹气，说滩区居民迁建是一件很大的事，也是一件很难的事。上边千条线，下边一根针，再大再难的事乡镇干部也躲不过去，也得一点一点地想办法，进村入户做工作。

当时，沙窝镇党委、政府就决定，镇上所有副科级以上干部，每人带几个脱产干部承包几户人家，分头分户做工作。他们每天天一亮就到村子里，一家一户地解释，一个人一个地说服。因为牵扯到的是整个村，村民们谁都不愿意先出头，怕自己答应了之后落埋怨。有时乡镇干部敲门也装作家里没人，故意不开门。有人让乡镇干部好不容易堵在家门口，却硬要推脱有急事必须出门，回头再说。还有的更干脆，告诉乡镇干部人家怎么办俺就怎么办，你们先去做别人的工作，等别人同意了俺就同意。

凡此种种，让人哭笑不得，而又无可奈何。

"关键时候，还是党员干部的先锋模范作用大。他们带了头，群众也就跟上了。"李革新回忆起当时的情景，说沙窝镇领导和所属管理区的领导们，做工作时都郑重地向老百姓承诺，一定让大家如期搬回到新村台。

经过多方做工作，最终还是党员干部站了出来。村里70多岁的聂元兴，曾经当过40多年的村干部，在村民中威信较高，他的一言一行，常常会引发群众的效仿。因此，老人家在最关键的时刻，带头扒掉了自家的房子。面对家人们的诸多不理解，他反复说的就是一句话："咱是党员，又曾经是村干部，咱不带头谁带头？"

即便这样，聂元兴带头扒房子的那天上午，老伴还是躺在自家的院子里哭成了一个泪人，而且边哭边喊，说过日子过了一辈子，也就过了这么几间屋，一下子给扒了，这不是要了俺的命根子吗？

面对此情此景，儿女们也自然是老大不情愿，埋怨老人家这么大年纪了，为什么还要如此出风头？聂元兴知道，家人们一下转不过弯子来，这事也只能慢慢来。他说从自己父亲那辈起，就开始一次又一次地垫房台，60多年来四代人接力拉土垫房台，从最初的三间土坯房，到现在的11间砖瓦房，五年前又刚刚翻新过。

"几辈子的心血，俺也舍不得扒哩，可谁让咱是党员、咱是村干部呢？别人不懂政策，咱得懂政策。"聂元兴说。

望着老伴的样子，聂元兴心里同样不是滋味，可想到党员的责任，想到当初入党时所表的决心，他拍拍老伴的肩膀，像哄孩子一样哄着老伴说："扒了旧的，政府给咱盖新的，难道你不想住楼上楼下，电灯电话的大别墅？"

"村人们心里也明白，建设大村台是一件大好事，只是觉得穷家难舍。如今时兴的说法叫乡愁，住了几辈子的老房子一下扒掉了，让谁心里都会生出一股愁呢。不过大家很快就想通了，俺老伴后来还对别人讲，党和政府只要号召，咱当干部的就得带头哩。"聂元兴说。

俗话说得好，群雁高飞头雁领。村干部们带了头，村民当然不甘落后。一个上午的工夫，大家就陆续同意拆房搬迁了。可接下来，又遇到了更难的事：迁坟。

"按照要求全村要迁走504座坟，这样的工作量还真不小。"高埚村党支书记乔明生说，他当时就和老父亲商量，自己要带头迁坟。他父亲也挺开通，说既然是党员干部，带头是应该的，再说建村台也是对子孙后代有利的大好事，再怎么也不能让前人影响后人的幸福。

其实，县里和镇上的干部也不仅仅是苦口婆心地做工作，用沙窝镇管区书记杨昌礼的话说，光"玩嘴"群众根本不买账，必须得扎扎实实地做些看得见、摸得着的实在事。

早在动员村民扒房子搬家之前，镇政府就已经为大家在周边村庄联系好了所租住的房屋，并请来搬家公司和伐树工，同心协力地帮助群众搬家。在这期间，镇里的几十名脱产干部还分头帮着各家各户收玉米、脱玉米。然后，再帮着联系买家，想办法帮着群众把玉米卖掉，而且还得卖出好价钱。就这样，全村113户318口人，在不到10天的时间里，就全面完成了整体搬迁。搬迁期间，全村伐树1万多棵，拆除养殖场3个，7座三层小楼也如期拆除，没有发生一起对抗事件，没有一个群众上访，而且很多县里、镇上的干部和村民都因此成了好朋友，后来哪家遇到什么事，都主动去找县里或者镇上的干部出主意。因此，有人说高堌村的搬迁是一次"有境界的搬迁"。

这个"有境界"里面包含着干部与群众的融洽关系，也包含着滩区群众觉悟的提高，更包含着滩区群众与党和政府的心灵相通，心心相印。

沙窝三号拆迁之后，有人粗略统计，高堌村318口人，县、镇干部面对面做说服工作的就达260多人次。有被大家称之为"犟种"的村民，先后有六位县、镇干部分头对其做过工作，还将上级关于黄河滩区居民迁建的相关政策规定，逐条逐句给其进行讲解。而正是这样的工作方式和苦口婆心，使得"犟种"后来倒变成了"积极分子"，随时随地配合党委、政府的工作。

其实，拆迁高堌村仅仅是沙窝三号村台建设"八十一难"的开头，艰难的事情还在后面。其中吹沙遇到的难题同样接连不断。

全县黄河滩区居民迁建24个村台中有上百条吹沙船，沙窝三号村台的吹沙工作算是最多灾多难的。别的村台铺上管道，吹沙非常顺利，既省电，吹沙又多，淤填也快。而沙窝三号村台吹沙半个多月，吹出来的却大多是清水，含沙量很小。施工企业看到这种情况，感觉费时又费力，很是消极。后来又遇到了冬天刮大北风，将吹沙船输沙的管道给刮断了，施工企业负责人多次想放弃，想赔点钱把施工人员撤走了事。

后来，李革新他们找到当地村民了解，才明白沙窝三号村台抽沙的地方原来是一个老村址，下面流沙难以停留，所以吹不出沙来。经过进一步的协商论证，施工企业换了一个地方继续吹沙，但含沙量依然不乐观。在毫无办法的情况下，企业负责人甚至想到是得罪了河神，要去祭拜一下，给河神烧烧纸，磕磕头。

这时候，有人建议，买群众的嫩滩地吹沙。经过实验，效果很好，吹沙便终于得以在较短时间内赶上了其他村台的进度。

就在大家认为可以松一口气的时候，李革新经过几次现场察看，又发现吹沙中澄清出来的积水储量太大，有溃堤的危险。于是，他要求施工企业准备沙袋等备用物资。而施工企业对此认识不足，认为李革新太过敏感，大惊小怪。但李革新坚持要求他们做好准备，防患于未然。果然，没多长时间，由于新淤筑的村台上积水太多，围堰堤开了口，危及了旁边的一个村子。幸亏发现及时，而且也储备下了沙袋、秸秆、铁锨等抢险物资，才算躲过了一场大的灾难。

起点低、困难多、风险大、进度快，是沙窝三号村台建设的特点。2020年6月底，在全县24个村台进度评比中，沙窝三号村台竟然率先实现了房屋及公建部分的封顶，创造了黄河滩区居民迁建的一个奇迹。

东明的春天，阳光明媚，绿油油的黄河滩区显现着无限生机。

忘了是谁说过这样的话，树长得越大，她的枝叶伸展得越远，她对根的依赖也就越强。很多即将搬往新村台一处处小洋楼的滩区群众，用相机收拾那日益失落的对原来村庄的记忆，安慰那冬眠在心灵深处对旧物的依恋。

在沙窝镇三号村台建设现场采访时，一个叫小斌的小孩子吸引了我的目光。

小斌是村台建设前整体搬迁的高堌村人，今年9岁。见到他时，他正蹲在三号村台边上玩着小石头，旁边还有一个水果摊，一位上了年纪的老人正在那里卖水果。我走过去与小斌聊天，他说卖水果的老人是他爷爷，疫情期间不能上学，每天只能跟着爷爷来这里玩。正说着，一群孩子追打着从他面前跑了过去。小斌见状，突然很兴奋地站了起来，可望了一会儿那些陌生的面孔，他又蹲下继续玩起手里的小石头。爷爷告诉我们，他在这里一天也卖不了几个钱，年纪大了，只当是有个事干着。扒掉房子后大家从老村分散搬到租住的房子里，像小斌这样的孩子也就没了玩伴，比原来话都少了很多。所以，老人盼着早点搬进新居，还和自己村里的人为邻，那样孩子也就不再这么寂寞了。

"这都是群众所面临的实际问题，所以得尽快让群众搬到新居，过上安稳的生活。"李革新说黄河滩区居民迁建，是一项从根本上解决滩区面临水患、实现安居梦的世纪工程。很多时候不能光看群众露出的笑脸，还要看能不能让他们如期搬回来，更要在各个阶段安抚好滩区群众的情绪。正如山东省委党校教授魏磊接受采访时所说，让滩区群众脱真贫、真脱贫，必须彻底拔穷根、摘穷帽。沙窝镇高堌村不到10天完成了整个村庄的有序搬迁，同时编制出了经济社会发展规划，做到了安居、富民同步推进。

"这样的做法，无疑为其他一些地处黄河滩区，并急需重点攻克脱贫任务的村庄树立了标杆。"魏磊说。

12. 一把暖心的火

春秋末年鲁国左丘明所撰中国最早的国别体著作《国语》记录了周朝王室和各大诸侯国的历史，其中写道："善，德之建也。"

正是这部巨著，第一次明确地指出：善，是建立德行的基础。

东明县委常委、统战部部长李东燕，上任黄河滩区唯一的一处外迁社区指挥部指挥长后，便与这个"外迁社区"牢牢地"捆绑"在了一起，也深深体会到了黄河滩区老百姓的善良之举。

"没有黄河滩区老百姓的善良，也就没有滩区居民迁建的成功。"李东燕说。

李东燕和县乡干部们，在两年多的时间里，扎根滩区，情系群众，风里来雨里去，与家人聚少离多，在浩浩荡荡的黄河滩区居民迁建工程中，默默奉献着。同时，他们也享受到了滩区群众的善良相待。

"想起那一把火，我心里就十分暖和，情绪也十分激动。"李东燕说。

"那不是一把普通的火，那温暖也不仅来自燃烧着的木柴，那是黄河滩区老百姓善良之心的温度。"李东燕说。

2020 年 6 月 18 日，李东燕在百忙之中接受了采访，并给我们讲了"一把火"的暖心故事。她说无论多么累，无论工作多么难，只要想起那年冬天的"一把火"，心里就有一股暖流涌动着，浑身就有使不完的劲。

"谁说黄河滩区老百姓对于搬迁是漠然的？谁说黄河滩区老百姓不明事理？只有亲身经历了，亲身体验了，才知道黄河滩区老百姓都有一颗与党和政府一起跳动着的'火热之心'，他们有善良的德行，他们慈心于物。"

说起2018年12月27日的那次马集外迁社区推进会，李东燕有些激动，话音有些激昂。

李东燕告诉我们，那几天天气好像故意在考验外迁社区指挥部工作人员的忍耐力，气温竟然一下子降到了零下十二三度。到了半夜里，北风嗖嗖地刮着，雪花缓缓地飘着，即使穿着厚厚的羽绒服，大家也同样冻得瑟瑟发抖。

"你们半夜还要加班?"我说。

"从12月27日到1月2日，一周的时间几乎都在加班，不论白天还是晚上。"她说。

"为什么赶这么紧?"我说。

"按照规划和上级要求，2019年1月1日前，必须完成地表清障和坑塘、低洼地土方填充工作，不赶紧不行。"她说。

"你们所做的是一些前期准备工作吗?"我说。

"对，是建设场地的整平与夯实工作。"她说。

李东燕告诉我们，马集外迁社区是东明滩区迁建工程中唯一的一处外迁社区，涉及沙窝镇马集行政村，位于黄河以西，所辖7个自然村，总人口2748人、668户。外迁安置点位于106国道以西的城关镇马庄村北，占地面积106亩，总投资2.75亿元。整个社区规划建设21栋11层小高层安置楼房，共946套，户型分别为80平方米、120平方米和160平方米三种，总面积11.7万余平方米。社区规划有幼儿园、社区服务中心、卫生室等公共设施。

"说起来这个社区也不是太大的一个社区，但前期工作挺难做的。"李东燕说，这个社区一开始选址就选了两次，所以时间上尤为紧张。刚开始选的地址离县城有点远，滩区群众不认可，说既然好不容易搬迁了一次，为什么不搬得离县城近一些呢？离县城近一些能方便孩子们上学读书，也能方便群众就医和外出打工以及其他方面的一些事情。

"县委、县政府领导从来都是想滩区群众所想，急滩区群众所急，做滩区群众所需，一听说滩区群众对搬迁社区选址不满意，当即拍板重新进行选址，要求一定要建一个群众满意的外迁社区。"

李东燕说，县领导为群众着想，可重新选址也不是一句话的事，因为涉及土地的征用问题。开始选的址，土地属于沙窝镇，是700多亩未利用土地，也符合土地规划要求，而且群众在自己的土地上建社区，再方便不过了。如果重新选取离县城近一些的地方，土地则属于城关镇的一些村子所有，要征地就得重新做工作，很多问题不是一下子就能解决的。

李东燕说，尽管多数群众都很通情达理，都在想着为滩区居民迁建尽一分力量。然而，征地工作依然千头万绪。106亩土地虽然不算多，却也涉及好几个村子的上百户人家。地面上的房屋、附着物，都需要一点点测算，还得一户户做工作。赔偿多少，怎么赔偿，具体做起来困难重重。

李东燕一点点地回忆着当初，她说时间太紧，工作量太大，可还必须得按照规定时间完成，这就要求每一个人都得有担当，都得知道怎样去做工作。因此，在很短的时间里，县里就与涉迁乡镇和迁建村分别签订了责任书，明确了县、乡、村各级的职责，并层层分解任务，层层传导压力，层层压实责任，形成了上下联动、齐抓共管、合力攻坚的工作格局。

"虽然按照预定时间完成了征地工作，但那一片土地上高低不平，有六七个大小不一的坑塘，还有低洼地。施工之前都得填平整平了，还要把整个地基抬高，不然21栋11层高的楼房怎么建？"李东燕说，开始预估着需要三万多立方米土就能把地基填平整，结果最后填了九万多立方米土，比预计的多出了两倍。

"五天的时间，九万多立方米土，是怎样一个概念？只能是24小时连轴转，包括土建、大型和小型机械以及各种车辆，还涉及环保方面的一些问题，都得一个一个地解决。"李东燕掰着指头给我们数着坚守在现场的县、乡和县直部门的相关领导，有县委副书记季士峰，有县级领导刘庆喜，还有城关镇的书记朱德耀和镇长王金科以及税务局长关永浩。

"大家白天晚上都盯在现场，发现什么问题解决什么问题。"李东燕说。

第一个通宵熬过去了，指挥部里的十几个人谁都没合眼。打桩机架子支起来的时候，红彤彤的太阳从东方地平线上冒了出来。望着巍峨的打桩机架子屹立在阳光下，大家像是忘记了寒冷，一个个脸上笑成了好看的花。

2019年1月1日，元旦，李东燕清楚地记得，大家谁都没想起来那一天还是假期，依然加班加点地干，配合国家电网东明供电公司，顶风雪，踏泥泞，24小时完成了整个施工现场的立电线杆、架电线和安装变压器工作，按时给施工现场送上了电。

板房背后是村台建设者的呕心沥血

　　"按照正常工作程序，起码要三天才能完成，但大家一天就完成了。"李东燕陷进对往事的回忆中。从她脸上的表情，我猜想她内心一定闪出这样几个词：产业，水系，民安。这也是黄河滩区成功脱贫后日新月异的新气象。

　　"还真不是你所说的几个词，想到的是那个十分寒冷的夜晚，还有那个夜晚的一把暖心的火。"李东燕说。

　　施工轰轰烈烈，干劲直冲霄汉。然而，寒冷的天气却让人难以承受。

　　2019年1月1日，李东燕和县委副书记季士峰、县级领导刘庆喜等指挥部相关人员，已经在工地上坚守了五天五夜。

　　北风可着劲地刮，雪花也在可着劲地飘，气温同样可着劲地往下降。

　　到了后半夜，穿着羽绒服的他们实在受不住了，只好在工地边拣了几根树枝，点燃了一把火。大家围在那堆火旁，像是暖和了一些。但树枝子太少了，火没燃烧多大会儿就奄奄一息了。刚刚感觉暖和了一些，这会儿寒冷又突然袭来。大家正愁着这点树枝子烧完再去哪里找时，突然看到工地旁边的小路上走来一个人。这人抱着一捆刚刚劈好的木柴，走到那堆火旁，也不说话，默默地把木柴添到了火堆里。随即,火苗蹿了起来,那把火越烧越旺。

李东燕说火光映照出一张黝黑的脸庞,给人的感觉是朴实、憨厚、真诚。

他们对着那人连声说谢谢,那人依然不言语,直到把火烧得扎实时,那人才说话。

"你们都是县里和镇上的官吧?俺盯你们好几天了,发现你们不顾寒冷,随便地吃点什么,就一直在这雪地里忙着。俺知道,这个外迁社区是给黄河滩区群众盖的,有你们这样的官,黄河滩区的群众真是有福呢。天太冷了,你们也得注意身体,别让滩区群众搬迁过来了,你们却一个个地累倒了,那多不好……"那人说。

"不累。老乡,你是哪村的?"有人说。

"就是旁边这村的,俺家就在这工地边上,不远。"那人说。

"谢谢您啊。"又有人说。

"该俺们谢谢你们,你们是真的在为老百姓操心呢。"那人说。

接着,那人又与县委副书记季士峰聊起了天,讲起了自己在外面的打工经历。他不知道与他聊天是县委副书记,只知道这些人在为马集外迁社区的事忙碌着,便也无拘无束地聊了一些情况。说这个社区建好之后,有工厂或大型商店什么的吗?要是有的话,也就能在家门口打工挣钱了,到外地打工太辛苦,而且舍家撇业的。

季士峰告诉他,今后这一带会有一个大发展,很多人都能在家门口打工挣钱了。那人听后很高兴,说盼着呢。

那人走后,又来了一个,也是旁边的一户人家。

来人提着一壶开水,还拿着几个碗,说天这么冷,你们真辛苦,喝点热水暖暖身子,再怎么也不能彻夜不睡觉啊。

几句话,几碗水,还有正在燃烧着的那一把火,让指挥部的人员十分感动。

像是一瞬间,再也感觉不到天气的寒冷了,大家内心里涌动起一股暖流。

那一刻,一把火,一壶水,似是吹响了报晓的号角,唤醒了干部们的精神气儿,干群之间曾经的亲劲儿、拼劲儿、韧劲儿又回来了,这是共产党人与民心民意的再一次重逢!

事情虽然已经过去了一年多,李东燕说想起那天晚上的事,心里依然感觉暖暖的。

"咱为群众服务本来就是应该的，可群众看在眼里，也记在了心上。"李东燕说一年多来，她走到哪里，就把这个故事讲到哪里。为此，指挥部还专门向上级为外迁社区和被征用土地的村庄争取了 1900 万元，建了一处完全小学。"外迁社区本来有一处幼儿园，我们又为被征用土地的村庄争取了一处幼儿园，这样那个外迁社区就有了一处小学和两处幼儿园，孩子们入园和上学，都方便了很多。"

　　听过李东燕部长讲述的故事，我也有些激动了。虽不可能再看见那几碗水和那一把暖心的火了，那是马集外迁社区的前世，但我即将看见马集外迁社区的今生。

　　一个周末的下午，我与省城媒体的记者朋友在黄河滩区采访完归来时，正好路过马集外迁社区。我们停下车，看到了已经建成的 21 栋 11 层高的楼房，看到了社区里一条条平坦的水泥路。路两旁已经装上了路灯，路灯很漂亮，天还没怎么黑，就已经灯火辉煌了。乍一看，还真像一条城镇里的街道。但再一细看，这街道上正晒着玉米棒子，城镇化的幻觉也就立马消失了。不过，这个外迁社区的富足倒不是幻觉，家家户户门口停放着一辆辆的摩托车、电动车、农用车，还有小轿车，我随便数了数，光小轿车就有二十多辆。这让我忽然觉得，几个黄河滩区村庄搬迁到这里，不只是一次时空上的位移，也不只是简单地变换了一下村庄的姿势，而是让村庄里的人换了一种活法。社区的布局，还有社区的设施，比如学校、幼儿园、养老院、文化广场，对这里人的意识、精神与文化上的影响，或许正处在潜移默化中。别的暂且不说，有一点可以肯定，这里的人至少再也没了洪水的侵袭。当初年年担心洪水来，那种战战兢兢、朝不保夕的焦虑和恐惧，再也不见了。

　　迎面走来一个大个子，看上去岁数还不算太大，我与记者朋友走过去和他攀谈。这汉子姓刘，今年 48 岁。没想到，他一张嘴就给我倒了一肚子苦水，说搬到这新社区来后，宅院小了，没有晒场了，田地也离得远了，要到好几里之外去种地。还有，他儿子早已成家，到现在还不能立起一个门户……他说的这些都是实情，我听着，沉思着，忽然以突袭的方式问他，你愿不愿意重新搬回原来的老村子？——这是我的惯用"伎俩"，一个直接简单的、突如其来的问题，往往会让一个人根本来不及思考就本能地说出真话。他的第一反应是使劲地摇头："嗨，那可真不是人住的地方呢。每年一到汛期，就甭想睡一个安稳觉，三年两灾，不是旱，就是涝，就算没灾没难的日子，那村里也是垃圾满天飞，到处都是鸡屎牛粪，柴火堆得也到处都是。这里多好啊，我们日子过得越来越像城里人了。只要这黄河大堤不倒，只要自己不睁眼往黄河里边跳，再大的洪水也没事了……"这样说着，那人笑了，我和记者朋友也笑了。

我相信，这是一个滩区老乡的大实话。

我也知道，那样一个村庄，就是让他再重新搬回去，他也会不习惯原来那样的日子了。

看着他拖沓着的两条腿，在社区的街道上一步一步地走着，好像还有些不适应，还有些僵硬和别扭，甚至还有些病态。我下意识地想，他脚下的这条路，也许目前说不上是一条完美的路，但又的确是黄河滩区人民脚下最好的一条路了。

13. 请到青年突击队里来

东明县黄河滩区有这么一个团队，为实现 12 万滩区群众的"安居梦""幸福梦"，与时间赛跑，同困难决战，用实际行动展现出了新时代青年的责任与担当。

这就是黄河滩区居民迁建青年突击队。

在长兴集乡八号村台采访时，东明县黄河滩区居民迁建指挥部综合组组长邢罡，不止一次地说："应该写一写青年突击队的人和事。"

"青年突击队？"我说。

"是啊，我们有一支黄河滩区居民迁建突击队。"他说。

"什么时候组建的？"我说。

"黄河滩区居民迁建一开始，就组建起来了。"他说。

接着，他详细讲述了青年突击队里的故事。

那一刻，我脑子里骤然想到了"老树发新芽"这个词。

三十多年前，歌唱家关牧村的一曲《假如你要认识我》唱遍大江南北，点燃了火热的 1980 年代，激励着一代年轻人奋发向上投身改革事业。至今，很多人还记得这首歌里的歌词：珍贵的灵芝森林里栽，美丽的翡翠深山里埋，假如你要认识我，请到青年突击队里来……

在那个时候，青年突击队成了一个符号，凡进到里面的都是优秀青年。后来，随着时间的推移和经济的发展，很多人好像对"青年突击队"淡忘了，好像那都已成为"过去时"，与当今的商品经济大潮格格不入了。其实不然，真正优秀的品质到什么时候也是可贵的，正如德国哲学家尼采所言，闪光的东西并不一定是金子，但是金子总会发光的。

在东明县黄河滩区居民迁建中，"青年突击队"就闪耀出了令人注目的光芒。

邢罡告诉我们，青年突击队成立于2017年，最初是由8名队员组成，经过近三年的发展，目前已经下辖5个分队，共有队员50多人，其中党员26人，大学以上学历22人，平均年龄34岁。他们多数具有基层工作经验或大项目管理的历练，政治素质高，业务能力强，是一支年轻化、精英化的队伍。自这个团队组建以来，他们发挥了"特别能吃苦、特别能奉献、特别能战斗"的精神，担当作为，夙夜奋战。

作为青年突击队队长的邢罡，说起他所率领的这支突击队，脸上显现出自豪的表情。

邢罡说，在黄河滩区居民迁建工地上，一群年轻人组成的这样一支突击队，像前辈们当年一样，以干事创业的劲头，忙碌在滩区迁建第一线。

焦园乡八号村台是县里2017年先期启动的一个试点村台，为确保当年7月6日按时开始吹沙淤填，7月5日晚上，县黄河滩区居民迁建指挥部的领导彻夜坚守在工地上。因为吸沙口与出沙口距离太长，二次增压时电机发生了故障，领导们当即安排突击队员们兵分两路，一路去县城接维修电机的技术人员，一路赴黄河对岸的河南省长垣县购买新电机备用。两路人马可谓马不停蹄，终于在凌晨3点22分抢修成功，保证了管道正式出沙。

"都是清一色的年轻干部，大家有干劲，有点子，敢拼搏，遇到困难谁都不低头。"邢罡说，每一代人的青春都有不一样的颜色，但不变的是都能在社会期盼时扛起自己的责任，成为国家的脊梁。在滩区居民迁建中，突击队员们用行动证明了自己，关键时候能够站出来，敢担当，敢负责。

"不同时代的年轻人，也许有着不一样的性格，但在最好的年华里，都能做最有意义的事。"邢罡说。

邢罡还专门讲述了突击队员程志超的故事。

"在黄河滩区居民迁建的每一个工地上，说起程志超没有人不伸大拇指。"邢罡说。

的确，程志超此前接受采访的时候，给我们的第一印象就是一位土生土长、脸色黝黑的黄河汉子。作为一名基层工作人员，他是青年突击队的一名突击队员，但也是县发改委大项目办的一个领导。两年多的时间里，他扎根黄河滩区，情系群众，在滩区迁建工地上谱写了一曲拼搏之歌。

程志超还是黄河滩区迁建指挥部规划设计组的副组长，他全面负责工程现场的规划选址、招投标、设计、工程管理等日常工作。因项目手续报批前期人员少，工作头绪多，任务繁重，事项点多面广，外出跑审批立项、加班修改方案也就成了一种工作常态。程志超坚持在施工一线，同工程技术人员一起探讨施工过程中所遇到的新情况、新问题，在村台围格堤填筑施工计量、包边盖顶、土方吹填、管线安拆等施工工序中，他不怕困难，反复论证，反复查验，经过认真细致的分析，每一处难题均得到了解决。

"繁重的事务，超强度的工作，使程志超积劳成疾，曾经三次晕倒在工作岗位上，医生让他多注意休息，但出院的第二天他就投入到了工作中。"邢罡告诉我们，程志超有句口头禅："群众利益无小事。"在工作中，他坚持所有迁建项目始终要把滩区群众的利益放在首位。为确保工程质量，保证工程建设符合实际情况，在确定工程位置时，他总是扎在每一个村台的工程施工现场。

"全县黄河滩区居民迁建工程，有24个村台和一个外迁社区，每一个村台盯上三天三夜，会是怎样一种情况？"县黄河滩区迁建指挥部规划设计组成员朱跃华说，程志超的工作态度感染着每一个人。2018年，是24个村台施工建设全部展开的一年，也是滩建工作进入高潮的时期。"那时候的黄河滩区，到处都是开工建设的繁忙景象，程志超既要负责村台建设的项目管理，又要负责后期村台社区建设的规划设计，每天清晨他总是早早来到工地，晚上又是最后一批离开。"

东明黄河滩区有个群众自建的微信公众号，每天分享滩区居民迁建的身边事。到东明采访的第二天，我便关注了这个公众号，里面有一篇文章专门介绍了程志超，说他是一个"拼命三郎"，带领团队全力奋战在建设一线，先后完成了涉及焦园乡、长兴集乡、沙窝镇、菜园集镇4个乡镇、64个行政村、148个自然村的搬迁安置选址、设计等工作。

2016年10月，菏泽市委、市政府开始启动黄河滩区居民迁建项目；11月17日，省政府启动黄河滩区迁建第三期试点工作，并要求三个月内完成实施方案的编制以及各项支持性文件的编制和报批工作。

面对这项时间紧迫、任务量大、工作繁重而又复杂的工程，程志超临危受命。短短三个月内，他编制完成了多个方案，完成了环境评价报告、地震评价报告、节能评价报告等 8 种支持性文件的编制和审批，通过了省工程咨询院组织的专家评审和水利部黄河水利委员会组织的专家评审。

"当时人员少、时间紧、任务重，为办理立项手续，程志超在菏泽、济南、郑州等相关部门之间不停地往返，累了在路边休息一会儿，困了在车里打个盹，常常一包方便面就是一天的吃食。"邢罡说，2017 年 3 月 6 日，《山东省黄河滩区居民迁建第三期试点工程实施方案》获得水利部黄河水利委员会的批复；3 月 17 日，获得省政府批复；3 月 24 日，进入招投标程序；4 月 26 日完成招标；5 月 15 日三期试点工程正式开工建设。

2017 年 10 月，因长期超负荷工作，程志超累倒了，住进了医院。然而，在医院的病床上，他想的依然是黄河滩区迁建方面的事，左手扎着吊瓶，右手还拿着施工招投标文件审查。输完液，感觉好些了，他拔掉针管，又急急地投身到了紧张的工作中。

"两年只休息了 25 天，其中还有 7 天是在病床上度过的，就是铁人也受不了！"邢罡说。

而程志超本人，接受采访时却笑着说这些都是自己应该做的。作为整个项目的参与者和实施者，见证了这个项目的从头到尾，就是见证了一段历史，所以他说自己感觉很自豪，也很荣耀。"虽然忙一些，累一些，但却感觉很充实，而且黄河滩区迁建工作启动以来，大家都很忙，我只是这个群体中小小的一分子而已。"

时间永远向前运动。

时光的流逝象征着变化的世界的某种状态。

时间是不可逆转的。

时间不等人。

采访中，我们发现程志超经常陷入沉思状。我猜想他一定也想到了上面这几句话中的某些词，"向前""时光""不可逆转""不等人"……

应该说，这些词都与黄河滩区居民迁建设紧密相连。为了将这些词落得实实在在，程志超和所有突击队员们真的拼了，他们用自己的拼换回黄河滩区迁建的美。

应该说，这是奋斗之美！这是青春之美！这也是生命之美！

我们为这样的美点赞！

当然，美的突击队员，美的拼搏精神，不仅仅指程志超一个人，青年突击队里还有很多人配得上这样的赞誉。

　　"负责项目进度督导工作的李国印，每天上班最早、走得最晚，即便是节假日，他也常常坚持在施工第一线。"邢罡告诉我们，李国印晴天一身灰，雨天一身泥，每天来回100多公里，简单重复的工作让他憔悴了很多。在督导检查过程中，他认真细致，大胆负责，及时向施工企业反馈发现的问题和整改意见，确保把黄河滩区迁建项目打造成群众的"放心工程"。一次，他冒着大雪到一处村台上进行督导，不小心滑倒了，头上缝了四针，却始终没请一天假。

　　一名突击队员，就是一面旗帜。焦园乡人民武装部部长郑强胜，自从负责该乡八号试点村台以来，便放弃了所有节假日。他常说，只有用"诚心、恒心、爱心"做好群众工作，才能深得群众的信任。

　　为让滩区群众早日搬进新居，郑胜强先后跑烂了八双鞋子。每每说起此事，他都很随意地笑笑，自嘲般地说："俺这双脚也真是不争气哩，光知道乱花钱，一双鞋挺贵的，八双鞋花了俺不少工资呢。"

　　从此，"八双鞋子"成为村台上调侃郑强胜的故事。而郑强胜听到大家的调侃，却开玩笑地说："这事谁都不可给俺老婆说，她心疼的是钱，不心疼俺这双脚呢。"

　　在郑强胜带领下，焦园乡八号试点村台相继完成了村台建设、自筹款收缴、社区规划等工作。

　　邢罡说，随着滩区迁建的推进，社区建设、群众搬迁等重头戏还在后头，不知道下一步郑强胜还要磨烂多少双鞋子，估计他这双脚，会成为整个黄河滩区迁建的脚中"之最"。

　　杨亚平是突击队中为数不多的女队员，主要负责黄河滩区迁建的宣传报道工作。

　　为发现滩区迁建中的感人故事、捕捉最美瞬间，杨亚平经常穿梭于村台之上、施工人员之间。寒冬腊月，冷风刺骨，她也从未间断过。每一次到工地上采访，工人们都会主动上前与她交谈，并亲切地称她为"最美记者"。2019年春节前夕，为了解一线工人的生活现状，她不顾个人安危，夜乘小船横渡黄河，专门跑到黄河对岸的抽沙船上进行采访。

　　正是杨亚平时刻用心关注细节、发现细节，她所撰写的新闻稿件内容鲜活，人物生动，有温度，也有深度，深受领导和群众的关注，很多都被省、市报刊采用。

谁都知道，黄河滩区迁建电力工程是重中之重。国网东明县供电公司突击队主动请缨，履职尽责，冲锋在前。从试点村台开工时的烈日炎炎，到一期工程启动时的天寒地冻，再到 10 千伏跨越黄河线路工程施工时的昼夜奋战，他们做到了"每一名队员，都是一面会说话的旗帜"，提前完成了 7 条 10 千伏总长 56.3 公里线路的架设任务和 2 座变电站临时增容工程，在黄河滩区迁建工作中解决用电方面的问题和故障抢修 263 次。

2017 年 5 月，焦园乡八号、长兴集乡八号两个试点村台淤筑工程同时启动。起初，由于柴油机发电持续性、稳定性较差，经常会出现停工现象。就在施工方一筹莫展之时，供电公司青年突击队员主动找上了门，他们提出了"以电代油"的实施方案。经测算，这样的方案不仅为施工方节省成本近50%，还缩短工期 20%，并减少了对空气和水的污染。

听着邢罡的讲述，我不禁想起了 65 年前北京建工胡耀林等 18 名团员，在北京展览馆工地上敢于攻坚克难，举起全国第一面青年突击队的旗帜，掀起了一场"青春风暴"的故事。

随着时代的发展，一代又一代的青年突击队，汇聚在青春的旗帜下，创造了一项又一项奇迹，凝聚成推动企业、国家和社会发展的强大力量，书写了催人奋进的篇章。

总有一段经历会帮助年轻的心明白，把理想实现在别人需要的地方，苦会变得不那么苦，甜却变得格外甜。在黄河滩区居民迁建施工一线，和突击队员们一样，无数青年人挺起脊梁，张扬着团结、坚韧、大爱精神，支撑起中华民族生生不息的希望。

这种精神，激励着一代又一代中国人在磨难中奋起，在大考中淬炼，在拼搏中成长。

这种精神，在当今时代再一次破土而出，引领更年轻的一代把奋进织进梦想，用汗水收获希望。

甚至可以说，这些青春的肩膀今天能扛起多重的分量，中国的未来就有多大的希望。

第四章
竹林新村：滩区居民迁建样本

14. 十七年前的事

　　西方哲学家黑格尔曾经说过，只有黄河、长江流过的那个中华帝国，才是世界上唯一持久的国家。而从某种程度上说，中国历史就是一部人和水的斗争史。许多年来，因为这样的斗争，贫穷是黄河滩区许多村庄难以摆脱的命运。

　　"村子旁边就是黄河，人人对黄河水患心有余悸……"

　　"黄河，是我们的骄傲，也是我们的心结……"

　　"把黄河的事情办好，就是把我们这个民族的事情办好。"

　　在东明县采访，很多人都在谈论黄河，都在谈论黄河滩区，好像不谈论黄河就不是东明人，不谈论滩区就是对黄河的莫大忽视。

　　的确，如此一条与人类发展纠缠了千百年的黄河，岂能不谈？岂能忽视？

　　黄河本来就是一脉流水。

　　水是什么？水是慷慨的天使！

　　我们的生活时刻离不开水。

　　谁都知道，雨霏霏可以滋田，雪皑皑可以沃野，江滔滔可以扬帆，湖泱泱可以荡舟，河清清可以爽心，泉汩汩可以悦耳，茶津津可以润喉，酒醇醇可以助兴……

　　一切都与水有关，一切也都与黄河有关。

　　只不过，黄河有时候太过慷慨，慷慨得实在太过。于是，借河而居的子民们便想到了离开，不对，是躲开；也不对，是在远处静静地看着黄河。

小学课本上一次又一次展现出的波澜壮阔的黄河画卷，谁敢忘记？

"君不见，黄河之水天上来，奔流到海不复回"的豪气，谁敢不见？

"黄河落天走东海，万里写入胸怀间"的豁达，谁敢忽视？

在东明县黄河滩区，有一个很大的村子：竹林新村。

多么好听的名字啊！而这个好听的名字，正是关于黄河的"新世说"。

"随着这个好听的新村名字的出现，我们黄河滩区的村庄整体迁建，好像才算真正拉开了序幕。"

两次见到毛吉志老人，他都说出了这样的话。

之前，东明县黄河滩区虽然好几处村庄都有过外迁的尝试，但说起来都不算成功，除了 16 年前的 2004 年那次。国家黄河水利委员会利用亚行贷款，加上山东省财政的配套资金支持，在长兴集乡境内连片淤筑起了一个 4 米高的大村台。2010 年启动搬迁，2015 年基本建成，搬迁安置了毛庄、西竹林、东竹林等 5 个滩区的自然村，1400 户，5120 口人，占地面积 800 亩，搬迁之后腾退耕地达 1190 亩，合称"竹林新村"。从此，真正解决了几个村群众的安居乐业问题，也使黄河滩区群众居民迁建有了一个活生生的样本。

建设大村台，就是为让黄河滩区群众搬离原先的村庄，在新村台上重新安家，真正乐业。

"2004 年开始的这项探索，5 个自然村从老村到新村，距离虽然也不过一公里，但走过这条路并不容易。"陪同采访的东明县委宣传部王恩标主任说，很多年前从市里到县里就都想到过让黄河滩区群众整体搬迁的问题，毕竟搬出滩区才是一劳永逸的事。最近几年虽然黄河风平浪静，但谁知道哪天黄河还会再发大水？

"只要发大水，滩区群众就得受灾，滩区群众一受灾问题也就大了，东明全县 85 万人，有 12 万人在黄河滩区，这是多大的影响啊！"王恩标说，"习近平总书记指出，当前脱贫工作关键要精准发力，向基层聚焦聚力。做好黄河滩区居民迁建工作，正是精准发力的一个突破口。"

采访中，东明县相关领导告诉我们，16 年前的那次整体迁建，的确为黄河滩区居民迁建趟出了一条路子，但当时搬到大村台上的只不过 5 个自然村，原本都属于一个行政村，村与村之间的关系相对好处理、好协商。而这次黄河滩区的大规模居民迁建，全县24个村台和一个外迁社区，涉及了148个自然村，究竟哪些村上哪个村台？哪个村台该建在哪儿？这些问题比当年竹林新村迁建时要复杂得多。好在有过竹林新村的整体迁建经历，从市里到县里，甚至省委、省政府的领导考察后，都认为"这样的一个样本不可多得，当年这事干得实在好"。

黄河滩区不忘前世，建好今生，展现的当是一幅真正的美丽画卷。

我们是在土地上站立、行走的。

人的脚印在土地上。

人类的历程就在土地上。

我们的脚下是我们唯一的土地，我们的头顶是我们唯一的天空。

我们只能在我们的土地上和我们的天空中找方向。黄河滩区的整体迁建经过多年多种方式的探索，才找到了适合于黄河滩区居民迁建的样本。

竹林新村是一个样本，也是一个方向。

一个阳光灿烂的上午，我再一次走进竹林新村。

一栋黄色小楼坐落在竹林新村的文化广场旁边，这是竹林新村村委会的办公楼。楼内，社区卫生服务站、农家书屋等配套应有尽有，方圆几百米之内，幼儿园、小学、文化戏台等教育休闲设施，一应俱全。

站在高处俯瞰整个竹林新村，统一样式的两层楼房错落有致，水泥硬化过的街道平坦整洁，家家户户都有一个门楼，门楼上镶嵌着的瓷砖在阳光下闪闪发亮。那鳞次栉比的院落，像崭新的日子透着祥和与喜悦。

是啊，如今的竹林新村已是一个大社区，到处景致如画，欢声笑语。

我四处走着，迎着阳光吮吸氤氲的气息与盈袖花香，别有一番情味在心头。

身边不时有村民结伴而过，他们惬意地徜徉在空气清新、绿树葱翠、红花惹眼的巷道上，边走边谈，边走边笑，生动了静幽安谧的环境。于是，我脑中突然泛出欧阳修的词句："老翁但喜岁年熟，饷妇安知时节好。"

哦，好一个滩区居民迁建的样本！

哦，好一个滩区居民迁建的方向！

之前很多年，各地都在想方设法解决黄河滩区群众的居住和生产生活问题，让黄河滩区群众真正过上富裕安居的好日子。但真如竹林新村一样把问题彻底解决，并无第二例。因此，在东明县提起黄河滩区居民迁建，就不能不提竹林新村。正如毛吉志所言,竹林新村有说不完的故事。

从外面进入竹林新村,要先经过一条南北走向的大坝。刚一靠近,就能看到村前一个很大的招牌,上面写着"实施黄河滩区居民迁建工程,改善滩区群众生产生活条件"。这样的话,在黄河滩区随处可见,但真正如竹林新村一样,让滩区群众的生产生活条件得到改善,却也需要一番拼搏之力。

关于竹林新村的前世今生,71岁的村民毛吉志是最能说得清的一个人。

毛吉志的家在竹林新村比较靠后的位置,是一栋上三间下三间的两层小洋楼。小洋楼很别致,红色房顶,粉黄色墙面,看上去既大气又不失精致。

我围着小洋楼转了一圈,又转了一圈,便想城市里也没多少人有条件住上这样的小洋楼。这在城市里是毫无疑问的高端住宅,如今却成了黄河滩区群众的基本户型。

毛吉志老人像是看出了我的想法,笑着说,他女婿在杭州生活,就是那个"上有天堂,下有苏杭"的地方,回来时看到他住着这样的房子惊叹得不得了,直说跟城里的别墅没啥差别。

"俺们这小洋楼里冬天有暖气,夏天有空调,外面是干净宽敞的马路,还有正规的卫生服务站、漂亮的学校和方便的超市,可谓是设施齐全,不用出村什么事都办得妥妥的,而且还享受着城里没有的好空气,很多外地人来了都羡慕呢。"毛吉志说。

据官方数据显示,像竹林新村这样的搬迁村台,能抵御黄河每秒12370立方米流量的洪水。我问毛吉志知道这个数字的含义吗?他摇摇头,说不知道,只知道自己住的小洋楼很舒服,今生今世再也不用像原来那样垫房台盖房子了,更不用担心遭洪水了。

"根据这个数据,如果洪水真的来了,其水面最高位置距离村台台顶还有一米多呢,村台和房子的安全也就绝对没问题了。"当地一位干部告诉我们,按照如今的黄河状况,这个流量的洪水今后很难再发生。

当地这位干部还告诉我们,省里市里的媒体来人采访就找毛吉志,他也很愿意对外人介绍曾经的竹林村和如今的竹林新村。

毛吉志告诉我们,他从小就热衷于绘画,还曾经担任过美术老师。很多年来,他一边劳作,一边用手中的画笔记录着黄河滩区的生活。

开始,毛吉志只是随心而画。画着画着,他发现这个世界一天天在改变,竹林新村同样一天天在改变,他画画的风格也得一天天有所改变。尤其是搬迁进竹林新村后，日子越来越好，他打小培养的绘画兴趣也就重新浓郁起来。随着自己画风的改变和作品的日益积累，他竟创作完成了一本名叫《竹林史话》的画册，描绘出了竹林新村的历史、文化、风俗、建设和发展。这本画册已交由出版社正式出版了。提及自己的那本《竹林史话》，毛吉志说目的不是向观众展示细节，也不是展示某种肤浅的绘画语言，而是想让读者从一笔一笔的描绘中，感受竹林新村人的激情和时代风貌。

"一个人在画一张画的时候，应该尝试着问一下自己：这幅画里有你曾经的生活吗？一幅画能够给你带来什么或留下什么，完全取决于你心里对往事和画作的认知。"

打开毛吉志老人那本《竹林史话》，我看到画册主要分为四个部分，第一部分是水旱码头的老竹林村，第二部分是一心跟党走的竹林新村人，第三部分是有影无踪的竹林寺，第四部分是古村新韵。第四部分的"古村新韵"，正是从黄河滩区搬迁建设入手，画出了宏伟壮观的千亩村台和村民手中拿着盖房补贴款、领导到村里视察、洋房宽马路、学校和幼儿园等等场面。画册的最后一页，展现的是一名男子与一名女子成亲的场景，老人还配写了一段文字，文字极富时代气息："村貌变了，人也变了，新村名气越来越大，老光棍汉也找到了对象，感谢党的富民政策，我们真正进入了好时代。"

"老光棍汉？"我说。

"64 岁的光棍，不老？"毛吉志说。

"找到了老伴？"我说。

"找了一位小他十岁的老伴，人生中的一大喜呢。"毛吉志说。

毛吉志还告诉我，不光是老光棍开启了幸福生活，一些外地姑娘见到竹林新村的变化，也愿意不远千里嫁过来。近两年，竹林新村在外打工的小伙子，就有六七个把胶东、济南，甚至南京、上海的姑娘带了回来。

根据老人的这本《竹林史话》，在东明县委宣传部和长兴集乡政府推动下，竹林新村文化广场边上建起了一处"竹林故事"展览馆，通过这样的方式留住乡情，让大家记住过去，不忘发展。

毛吉志指着展览馆墙上的一幅画说，这幅画画的是 2004 年用黄河泥沙淤筑村台的事。

毛吉志说，当时感觉用黄河水淤筑村台很新鲜，从来都没见过，淤一层，清水流走了，撇下的是泥沙。再淤一层，清水又流走了。撇下的泥沙一点点增高，这个村台慢慢也就筑起来了。

"原来的房台都是一车车地拉土垫，如今的大村台都是黄河泥沙淤筑，可谓是多快好省呢。"毛吉志说，村台淤筑成功之后，2009年就正式让大家搬迁盖新房子。当时，95%的村民竟然不想搬。"现在想起来都后悔不迭，竹林新村迁建之初，俺也是那95%中的一员，和村里的绝大多数人一样，是拒绝的。"

"为啥拒绝？"我说。

"盖房子盖怕了，谁家没有盖过五六次房子呢，一辈子穷都穷在这盖房上了。"毛吉志说着，专门找出一张纸和一支笔，边画边说，"如果不画出来，别人想象不出俺家当初住的是什么样的房，也不知道因为房子的事俺们吃过多少苦。"

一小会儿的工夫，毛吉志真就在那张纸上画出一座一间半的房子。

"俺活了70多年，从记事到现在，盖了五次房子，有一次盖房把家里所有的东西都用上了，剩下的半间再怎么也盖不起来了。你们看看，就是这个，一座一间半的房子。"毛吉志说，那时候黄河滩区的人多半积蓄都用在了垫房台和盖房子上，每到汛期都是人心惶惶。因此，"住得安稳"是村人们最大的愿望。

毛吉志还告诉我们，他同村的老人刘垒泉，如今已经87岁了，一生经历过八次盖房，小时候父母盖了三次，成家后他和老伴又盖了五次。小时候洪水一来，他就跟着母亲逃到堤外的姥姥家，一住就是几个月。对刘垒泉老人来说，印象最深的一次是在八岁那一年，因为发洪水去了姥姥家，一下在那里住了八年。

"八年呢！一个人一辈子，有几个八年？"毛吉志说。

毛吉志叹出一口气，又摇了摇头，说日复一日，一铲一铲，一车一车，堆起来的房台一场洪水就功亏一篑，望着那样的凄惨景象，村人们也只有哭的份了。

屡次遭遇来自大自然的威胁，搬迁应该变得顺其自然了。然而，竹林新村开建之初，村民们竟然还觉着守着原来的老宅子心里踏实。

"其实，踏实什么？洪水一来，还不是人心惶惶？"毛吉志说。

"认识出了问题？"我问。

"差不多，就是认识问题，观念太落后。"

"你也是其中一员？"

"是啊，俺都说过绝话，一辈子都不搬，死也要死在老宅里。"

"到底为啥呢？"

"好像也不为啥，就是一种情绪吧，一种不想离开老宅子的乡愁。"

"没有实际问题？"

"好像也有，还是嫌新村台上的院子和新房子小呗。"毛吉志说。

其实，事情再好也会因未知令人心生畏惧，也需要一个思想认识转变的过程，毕竟黄河滩区居民迁建会扯出很多细节和琐碎的事，还会扯出许多利益分配，有的老百姓甚至担心不公平。特别是一些上了年纪的老人，苦日子过惯了，穷家难舍。尽管有些人家的房子实在不成样子，看上去透风漏气，甚至已经成了危房，再也经不起一场大水，但他们却依然说房子能撑到自己死就行，在滩区盖一次房不容易，也不可能再翻盖，而且祖祖辈辈都在这样的房子里生活，家里的坛坛罐罐、旧东旧西，都是自己从年轻一点一点操持起来的。有句俗话说得好：故土难离。虽然说起来搬迁并不是真正的离开故土，从旧村搬到新村至多也就二里地远，但"破家值万贯"。当然，值钱的并不是那些东西，而是对旧家的眷恋，对家里每一样东西的个人情结，感觉很多东西上面留有自己和老一辈人的温度、印迹和气息。虽然知道很多东西不中用了，也应该淘汰

没有洪水的春天，黄河滩区的村庄十分美丽

了，可临了临了还是舍不得。

再就是有些人家日子过得还算不错，甚至已经盖起了两层小楼，认为搬迁房没现在的院子大，放东西也不方便。还有一点就是强烈的自尊心作祟，搬迁之后所有的院子、房子都是一样的，甚至连墙壁的颜色都没啥差别，在村人们面前也就显不出自己家的贵气和派头了。当然，也的确是不舍，毕竟两层小楼也不是那么容易盖起来的，可能是一辈子的心血。

针对搬迁受阻的情况，县里和乡镇经过进一步摸底发现，村民们之所以不想搬迁，除了上述原因，还有两个很重要的方面：一是觉得新村台上的新房子设计的院子太小，二是采取自拆自建的方式，建房资金不够。为打消村民们的顾虑，乡镇一边修改设计方案，扩大院落面积，一边琢磨着制定一些奖励政策。

"当时，争取到的是亚行贷款和省财政的资金支持。对村民来说，几个需要搬迁的村子也都在新村台附近，以后的土地耕种和生活区相距也不怎么远，而且两千块钱就可以参加选号，然后自己盖房子，盖一层之后给补贴三千，盖好两层再给五千；到老村子复耕，验收完毕之后，一家再给三万。"长兴集乡的相关领导告诉我们，即使有了这样的奖励条件，大家还是都在观望，谁都不愿意先拆旧房去新村台上盖小洋楼。

对此，多年之后，原竹林村村委会主任刘海江说了实话。他说当时自己心里还真是没有底，黄河滩区搬迁嚷嚷了很多年，这次就真的能搬迁成功？是不是领导们弄的政绩工程，根本不可能搬得成？之前，其他乡镇也有过搬迁的先例，后来不是白忙活了一场吗？很多又都搬回到了老村址去了。所以，大家心里没底，知道上级在为滩区群众办好事，可又怕这好事办不利索，还不如不搬省心。

僵持之际，上级要求党员干部带头，刘海江说自己也只能带头搬迁，谁让咱是党员，又是村干呢。

"是党员，又是干部，你不带头谁带头？即使你有想法，老大不情愿，也不能和上级的好政策对着干啊。"刘海江说，2010 年 5 月，他和村里六户愿意搬迁的人家，一起在新村台上扎起了帐篷，开启了建小洋楼的征程。

"那还真就是一个征程哩，毕竟不是一天两天能够干完的事啊！"县委宣传部陪同采访的同志说，谁也没有想到，刘海江他们搬过去的头一天晚上，就有人找起了茬。

刘海江说，搬的时候自己家里有二亩多麦子，遭到了破坏，被人用除草剂给打了一遍，麦子打上除草剂必死无疑。

"俺二哥家的杨树都有五六十公分粗了，也全部被剐了皮。俺侄子种的花也被人给拔了，叫人看了以后很心酸，这都是因为俺答应搬迁换来的啊！"刘海江说。

心酸归心酸，可新村台上的房子还得继续盖。

等补贴拿到手，新房也就逐渐有了模样，许多不愿意搬迁的村民看到后，也就坐不住了。

"随着建设的推进，俺家的房子、院子也不是那么小了，看上去很规矩，而且水、电什么的也都有了。这时候，许多人便就跃跃欲试了，紧忙地跟着搬了起来。"刘海江说。

新村台上的帐篷慢慢多了起来，新楼房一个接一个地开工建设了。毛吉志说他当时也一下子动心了，决定搬迁的他便顺手记录下了当时的场景。

"你看看这幅画，画的就是当时每家每户临时搭的帐篷——都是用木桩围上塑料布。"毛吉志说。

"陆陆续续一年多吧，俺们村就全部搬完了。"刘海江说，不光是各家各户盖了新院子和新楼房，新村还相继建起了幼儿园、卫生室、广场、戏楼等公共设施。

毛吉志说这一下他和大伙儿都开眼了，更让他高兴的是老村复垦后，还又专门修了一条路，建起了很好的水利设施，引来了外地的企业，乡镇也趁机规划出了两个高效农业园区。毛吉志的老伴如今也在村里的秋葵基地上班，每个月收入超过两千元。

"一个农村老娘们儿，这个岁数了，又没文化，能有这么多的收入，可真是烧高香了哩。"毛吉志说。

远离洪水，安居乐业，是一种愿景，也是一种现实。

故国，故乡，故土。

有一根情感的缆绳系在我们心头，它的颤动牵连着我们心的颤动。

我们沉思的时候，无助、失望的时候，总是会仰望蓝天。我们远行归来，会捧起泥土亲吻。我们期待启示，我们渴望温暖。竹林新村这个样板的展现，有启示，更有温暖。一切的一切，尽在不言中。

从老村到新村，竹林新村走过了 16 年的路。16 年的路不算长，但也不算短。山东黄河滩区居民迁建，就这样完成了一处实验场，完成了一个活生生的样本，走出了一种深厚的历史感。能够在不平凡的背景前展示出平凡的生活，平凡的生活便有了一番滋味。

15. 城镇与乡村的区别

走在竹林新村的街头，突然冒出一个想法：这里到底是城镇，还是乡村？

不知道为什么，突然有了一种探求城镇与乡村区别的欲望。

于是，沿着这样的想法，我在竹林新村里做了一番采访。

当然，也是想看看滩区群众如何认识如今的城镇，如何认识居民迁建之后的乡村。

不能不说，时下的竹林新村，伴随着乡村硬件的更新升级，越来越美了，百姓生活也越来越好了。

"以前没搬迁的时候，大家都图省事，村里村外，家家户户，生活和生产的垃圾差不多都直接倒进旁边的小沟小河里，不仅堵塞河道，还滋生出大量的蚊虫苍蝇，使得村内环境越来越差。后来，得益于村子的搬迁，不仅河道治理了，道路硬化了，村头还建起了地埋式垃圾箱，环境好了，老百姓也成了最忠实自觉的维护者……"

接受采访时，长兴集乡相关领导告诉我们，无论什么样的乡村，都是三分建七分管。黄河滩区条件虽差，但各级依然大力推行"户保洁、村收集、镇转运、县处理"环卫一体化的新模式，成立了县乡村三级环卫机构，按照农村每 100 户设置一名保洁员的标准，组建了几千人的乡、村保洁员队伍，还配备了多辆专业车。

"随着滩区生活方式的改变，城镇化逐渐深入人心。"县委宣传部相关领导也告诉我们，随着黄河滩区居民迁建工程的实施，东明县上上下下注意突出传统文化和黄河文化两大特色，以高标准、多特色、广覆盖，力促美丽乡村建设提档升级，叫响宜居、宜业、宜游发展品牌。

早些年，我曾读过一篇关于城市与乡村的散文，忘记了出自哪位作家之手，但有些话却至今难忘。那篇散文里有这样一段文字，大致如下：

> 我们是乡村的种子，生于斯长于斯，抑或死于斯。
>
> 哪一天，一阵风将我们刮起，故土就在眼前翻天覆地中渐渐模糊。
>
> 我们乘着风在城市的街道上流浪，乡土的气息挡不住麦当劳的诱惑。
>
> 我们的眼睛被霓虹灯迷惑，这城市变化太快，简单的心思不懂黑夜与白昼。
>
> 我们的乡音被普通话悄悄包裹成了另一种语言，我们的四肢被流水线固定得一点一点僵硬，我们的行动刻板得成了标本，而打工仔是我们的标签。
>
> 背负标签的我们，热爱城市却又诅咒城市，向往城市却又害怕城市。为此，我们在城市与乡村之间徘徊，长长了胡须，长多了皱纹，腰好像也开始弯了……
>
> 于是，我们说，乡村什么时候能长成城市？
>
> 于是，我们说，城市什么时候能长成乡村？
>
> 哦，城市；
>
> 哦，乡村。
>
> 我们依然在城市与乡村之间徘徊，徘徊……

在竹林新村，我脑海中一直闪现着这段文字，也似乎想在竹林新村中为这篇文章之问找寻答案。

采访期间，我一直在思考这样的问题，单就竹林新村来说，是长成了城镇？还是依然是成长了的乡村？城镇与乡村的区别，仅仅是居住环境的变化吗？其内在的东西应该是什么呢？

在毛吉志的引领下，我走进了村民翟青枝的家，试图感受乡村生活方式的变化，探求外表与内容是否统一。如果仅仅是住上了小洋楼，生活方式依然停留在早先黄河滩区的老模样，那么乡村永远是乡村，再长也不是城镇。

翟青枝的家，也是一栋二层小洋楼。室内瓷砖铺地，暖气片挂在墙上。正值春天，虽然感觉不到暖气片的热量，但从室内的摆设却能感受到生活的煦暖和温馨。

翟青枝正在和小孙子看电视，见我们到访，忙站了起来，热情地介绍起了她家的幸福生活。我们看到，她家的小洋楼每层都是"三室一厅"，二楼还有一个大阳台，一楼有个宽敞的小院子。这阳台和小院子，也透着小洋楼的别致和现代。

翟青枝说她的生活很滋润，白天在家里带孙子，晚上到广场上跳跳舞，或者唱唱歌，看上去与城里人的生活没有两样。

"关键是咱家这房子和小院宽敞，城市里一般人家都没这样的居住条件呢。"翟青枝说。

"每天都去跳广场舞吗？"我说。

"只要有空，就会去。"翟青枝说。

"为了锻炼身体？"我说。

"锻炼身体是一个方面，还得图个乐呵。"翟青枝说。

这样说着，翟青枝又指了指自家的房子，说这样的装修是不是挺时尚？

在竹林新村，我们感受到了乡村装修的潮流。墙外有保温层，室内有好看的暖气片，门窗塑钢，洗澡间太阳能样样俱全。新中式或新西式的家具及配套电器，确实和城里的家庭装潢没啥两样。

翟青枝说："如今大家进田是农民，进屋和城里差不多。"

我说："这话不错，论居住条件和居住环境，很多城里人可比不上你们。"

翟青枝说："不过城里毕竟是城里，医疗条件、教育资源，到什么时候也比农村强。"

我说："应该是各有所长，而且其中的差距，也在慢慢缩小。"

不过，毛吉志和翟青枝虽然夸赞着如今乡村生活与城镇没啥两样，却也对一些失传的东西很怀念。他们说，现在的农民生产生活发生了很大变化，原来很多手艺却都失去了，比如耕地的牛马牲畜不进田了，好多农用工具也被废弃了，过去很优秀的农民、种田老把式也"下岗"了。

再就是交通、信息的畅快，让黄河滩区一些上了年纪的老人感觉眼花缭乱。

毛吉志说，过去的自行车差不多都当废品卖了，如今电动车、摩托车和小轿车到处都是，黄河滩区群众出行非常方便。竹林新村还建了好几个微信群，在里面发布买卖信息、承包租地、失物招领、广播通知以及咨询问事等，非常快捷有效率。

走出翟青枝的家，与毛吉志告别之后，我又遇到了一位姑娘。姑娘时髦的穿着和不凡的气质吸引了我。我竟然忘记了唐突二字，追上去便采访，问人家是不是竹林新村人。姑娘望着我的一刹那有几分懵，还有几分羞怯。她朝四周瞅了瞅，又愣怔了片刻，发现旁边没有其他人，确定我是在与她说话。

"请问，您有事吗？"姑娘说。

姑娘用了一个"您"字，让我很吃惊。

从小生活在乡村，知道乡村人怎么与人对话。用"您"字问候的乡村人，至少我见过得不多。

有一次，一位在乡村生活的朋友戏称自己是"风口上的猪"。因为站在风口上，猪都能飞起来。有研究者说，这来自后工业化时代对乡土价值的重新寻找，或许会成为今后撬动乡村复兴的一个支点。那么，像竹林新村这样的黄河滩区居民迁建样本，生活在这里的年轻人，是不是和城里的年轻人同样都在追求生活方式的改变？这样的改变是把乡村与城市拉近了，还是让乡村与城市更对立了？

最近几年，我去过几次济南城南的南部山区，惊讶于那些位于大山深处的小村因为自我改造吸引来络绎不绝的游客，很多人从济南、青岛，甚至北京、天津等周边城市开车赶来。其实，那里的资源并不突出，但那里的很多村庄三面环山，一面临河，沿河有古树，有祠堂，还有明清时代的古民居群，与城市生活有沟通，也有对抗。这些，正好切中了城市人对乡村想象的需求，所以那里常常人满为患，而同时也改变着乡村人的生活方式。对这位姑娘的采访，我最关心的也是生活方式的改变。

姑娘不愿意说出自己的名字，只说姓吴，24岁，进一步问寻，她依然摇头，说您问啥俺说啥，名字不名字的好像也没什么要紧，名字充其量也就是一个符号而已。

小吴姑娘说着，不好意思地笑了笑，用手扶弄起肩上挎着的蓝色印花马鞍包。

小吴姑娘的小包很精致，蓝色印花也很经典，我问什么牌子的？她把包亮出来，上面有醒目的标志，我吃惊了："很有名的牌子？"她依然笑着，说网上买的二手货，花了两千八百块。

"村里买这种包的姑娘多吗?"我说。

"不多。"她说。

"您咋买了?"我说。

"习惯，原来俺就用这类包。"她说。

"原来?"我说。

"是啊，原来。"她说。

这时候，小吴姑娘才告诉我，她是原先的东竹林村人，长大后没怎么在村里生活，初中毕业后就经亲戚介绍去扬州打工了，但她也深知为抵御黄河洪水泛滥，当初村里家家户户房台垫得都非常高，而且盖一座房子光拉土就得三五年，那种费劲没法提，真是受罪受够了。以前，村里的男人和女人，冬天在家里最主要的事就是拉土垫房台。

"那时候，村里男人不好找对象，女孩都想嫁出去。"她说。

"你咋回来了?"我说。

"在扬州打工六年，村子搬到这新村台上，俺就回来了。"她说。

"还去吗?"我说。

"现在村里情况好了，家里人不让去了。"她说。

"像你这样在外面打工回来的多吗?"我说。

"有，但不多。"她说。

"还是想待在城市里，对吧?"我说。

"年轻人依恋城市很正常，毕竟城市空间大，好发展。"她说。

小吴姑娘告诉我，回乡后她开了一家小超市，卖一些生活日用品，她说感觉这样没有多少发展，想尝试着再开一家幼儿培训中心。原来一天也不愿意待在滩区，现在渐渐喜欢上了故乡。搬迁后洪水不再泛滥，滩区也成了一片片良田。到了夏天，这里就像世外桃源一样，大片的西瓜一眼望不到边，西瓜地里还有鸟儿飞翔，那情景很是让人留恋。不过，她说与城市比还是有些闭塞，虽然住着小洋楼，但观念上差别还挺大。

"之前一直在扬州打工，虽然文化水平不高，但这些年在外面也学了一些知识，如会计、电脑、幼儿培训等。感觉自己还行，在外面打工时上级来检查，领导都让我做讲解员，或者负责接待。也有外地男孩追求过，都没答应，现在家乡条件好了，也就不想嫁到远处去了。"小吴姑娘有点"自来熟"，从开始的羞怯到打开话匣子，也就五六分钟的时间。

小吴姑娘说哥哥在临沂成了家，父母想把她留在身边，她也想找个自己中意的人，不管有钱没钱，只要人好，能吃苦，有发展潜力就行。她还说，竹林新村像她这样没有对象的姑娘有不少，一边在周围的单位里打工，一边寻找着自己的爱人，爱情本来就是一种缘分，缘分到了自然就会遇到。

一个向往美好爱情的姑娘，留在了黄河滩区。说到底，还是居民迁建改变了滩区的面貌，改变了滩区的生活方式。小吴姑娘最后说，生活从没像今天这样被数字科技深刻冲击着，在黄河滩区，她的朋友借助众筹平台筹集到80多万元，为滩区的水果找到了出路，也为滩区幼儿园募集到了爱心书屋。还有人尝试发起"蔬菜销售"众筹，通过网络平台，把带着泥土气息的蔬菜直接送到城里人的餐桌上。

"很多东西都和城市里没什么区别了，城市里能做的在黄河滩区也能做，虽然效果有时候不一样。"小吴姑娘说。

我知道，小吴姑娘所说的效果也就是效益。同样一件事，在城市里可能赚几万元，而在黄河滩区却只赚几千元。但回过头来仔细想，城市里的费用高，消费水平高，黄河滩区费用少，消费水平低，这样一算心理上也就平衡了。

其实，无论城镇还是乡村，所有生活方式，落脚点终究还是个人幸福。只要这里的人幸福了，到底是乡村还是城镇，倒也不必急于回答。

一条黄河永远流不尽，历史是它的河道。流过城市，流过乡村，流出了沉甸甸、结实实的生命和文明。由此来说，居民迁建就是一块躺在黄河滩区的纪念碑，记录着黄河滩区群众经历的一切和如今稳稳的幸福。

猛然间，我想起了庄周。

据说，庄周就是东明人士。

东明如今有个庄寨村，庄氏后人久居于此。

千年春秋，一闪而过。或许，此时的庄周，正端坐于黄河滩区的云朵之上，大笑着再次进入梦境。这次他的梦境里应该不再只是蝶，还有一座实实在在的城镇，那巍峨的村台，高耸的小洋楼，一抹抹花影，一片片青翠，一处处欢腾，也许都在他的梦里。

中国古典哲学中有一种重要观点叫"天人合一"，指的是人与自然是一个整体，二者应该和平相处。庄周内心深处是非常亲近自然，热爱自然，希望与自然融为一体的。《庄子》中有说："天地者，万物之父母也。"人与自然本是一体的，只是人的天性被各种东西束缚了，不能顺本性发展，要想达到"天人合一"的境界，就要打破这些限制。

或许，此时的庄周，也正在感叹滩区如今创造的与黄河和谐共处的生活吧……

16. 烧饼摊·八字步·琅琅读书声

城镇化是人口持续向城镇集聚的一个过程，也是人类文明进步和经济社会发展的一种大趋势。当前，世界城镇化总体水平已经超过50%，即有一半以上的人口居住在城市。而有资料显示，我们国家的城镇化率虽然已由数十年前的30%，提升到了60%，但仍属于典型的发展中经济体结构。同期，美、德、法、英等发达国家的城镇化率都已经超过了70%，有些甚至超过了80%。因此，中国还算是个农业大国。

在许多人的观念中，城镇与乡村差别很大，一下子将这种差别缩小甚或没了距离，还真是不敢想象的事。特别是在居民收入、教育医疗、消费和就业等方面，很难将农村和城镇的差距拉平。而如今的竹林新村，不仅从生活习惯和居住方式上与城镇没有了什么差别，在孩子的教育和培养上，也在不停追赶城镇的步伐。

张海云，一个40岁的女人，没搬迁之前，一直在西竹林村生活着。

接受采访时，张海云正在竹林新村文化广场边上忙活着自己的那个烧饼摊。她的丈夫侯海疆也在旁边帮忙，一会儿帮着提水，一会儿帮着和面，两口子配合的那种默契，让人不由感叹：多么幸福的一对！

我把这话说给张海云听，她笑了笑，说还幸福呢，你都不知道搬迁之前俺们作过的难，那才真叫一个难呢！每年光忙活垫房台和盖房子，挣点钱都花在了房子上，到了雨季还是担心洪水会来。

"那日子，真是提心吊胆哩。"张海云说。

"何止提心吊胆，就是满心满身的恐惧，每时每刻都害怕着。"侯海疆说。

"现在是不是好了？"我说。

"当然好了，现在不发洪水了，居住条件也改善了，生活方式也改变了。"张海云说。

"关键是家里的挣钱方式改变了，比原来挣钱容易了，吃苦也少了。"侯海疆说。

虽然还没到中午吃饭的点，来买烧饼的人却也是络绎不绝。张海云一边和我聊着天，一边忙活着。她告诉我，自己经营的虽然是一个小摊位，但做的却不是普通烧饼，而是在全国各地享有盛誉的吊炉烧饼。

"吊炉烧饼，知道吗？"她说。

"知道，不同的地方叫法不一样，有的地方还叫武大郎烧饼，是随着《水浒传》流传下来的一种美食。"我说。

"对，俺们这里就叫吊炉烧饼，你看看，是在炉子里吊着烤熟了的，又酥又香。"她说。

"烤这样的烧饼，是不是技术要求挺高的？"我说。

"对和面的技术和烤制火候要求比较严格，稍不注意味道和口感就差了。所以，得尽心和面，专注地盯着炉子里的火。"她说。

"是啊，干什么都不容易。"我说。

"你用心了，烤出的烧饼就好吃，人家就买你的账，否则根本卖不出去。"她说。

"一天能卖多少钱？"我说。

"二三百块吧。"她说。

"光中午出摊？"我说。

"是啊，还有其他事，时间再长忙不过来。"她说。

"除了这个烧饼摊，还做什么生意？"我说。

"其他没什么生意了，老公在外面打工挣些钱，家里还有30多亩地，就靠我一个人忙活着。"她说。

"你老公今天怎么没出去打工？"我说。

"家里有点事，他刚从上海回来，过阵子再去。"她说。

"家里的地怎么种？"我说。

被搬迁改变了生活方式的滩区老人们

"和人家一样，传统方式耕种。"她说。

"收获的时候呢？"我说。

"都是机器收，人省了不少力。"她说。

张海云的丈夫侯海疆一直听我和张海云聊天，一边在旁边干活，一边笑着望着我们。后来，他说张海云一个人在家不容易，每天既要出这个烧饼摊，还得照顾两个孩子，还得伺候那 30 多亩地，一年下来虽说收入也算可以，却也非常劳累呢。

"不过，农村人，是不怕累的，关键是搬到竹林新村后，再也不怕发洪水了，而且学校、商店、幼儿园都在家门口，每天像城里人一样生活，累也感觉幸福呢。"侯海疆这样说着，冲自己的妻子笑笑，亲昵地说，"媳妇比俺累，她干的事多，所以俺得心疼她。"

夫妻齐心，其利断金。村委会副主任刘湘泉告诉我们，搬迁之后，竹林新村有很多夫妻像张海云和侯海疆一样，埋头发家致富，培养儿女，孝敬老人。不断改变的生活方式，也使得许多家庭比原来和睦了很多。

"原来大家每年担心的是发洪水，现在每年想的是怎样挣钱发家。村子一新一旧，观念同样一新一旧，一个'搬'字，富了滩区，暖了人心。"刘湘泉说。

站在竹林新村的文化广场边上，望着阔大的文化广场，看到的不仅仅是无数个张海云一样的"发家致富"摊，还有背着双手，迈着八字步，在广场四周绿荫道上漫步的老人。

刘湘泉说，这是竹林新村的新生活方式，搬迁之前，七八十岁的老人依然得在地里忙活着，为儿女们操劳着。如今他们替儿女们操劳的越来越少，享受晚年快乐生活的越来越多。

是啊，望着几个背着双手，迈着八字步漫步的老人，我突然想到，这应该是一个富贵的动作，它代表着富足、平稳，还有安心。

也许，老人们从这样的动作中获得了一种心理平衡，因为他们的生活方式改变了，他们成了"城里人的样子"。

动作透出的是人们的心理状态，动作也传达着生活方式，这是历史留给我们的姿态。

这样的姿态，还有另一种表现形式。

在竹林新村文化广场的另一角，我看到六七个老人围在一起，很专注地在观看两位老人下象棋。我往前靠近了一些，举起相机拍下了几张照片，有两位老人发现后抬起头来望望我，又专注地看那两位老人下棋了。这时候，我听到一连串的喊叫，对，是喊叫，一反老年人持重的形象，但同样反映出了老人们晚年生活的快乐。

"走车，走车……"

"抬象，抬象啊！唉……"

"马，马，不能让人家别了马腿……"

有道是：观棋不语真君子。

想来这七八个围观的老人根本不管那一套了，什么君子不君子，大家快活了再说。

两位正在对垒的老人被大家支的不知所措了。后来，一位观棋者把其中一位老人拉到了一边，说："你歇歇，看俺的。"于是，引来老人们的一阵欢笑。

这是多么温馨的一种情景！

这是多么祥和的一幅画面！

费孝通在《乡土中国》一书中有这样一段话：

"乡下人离不了泥土，因为在乡下住，种地是最普通的谋生办法。在我们这片远东大陆上，可能在很古的时候住过一些还不知道种地的原始人，那些人的生活怎样，对于我们至多只有一些好奇的兴趣罢了。以现在的情形来说，这片大陆上最大多数的人是拖泥带水下田讨生活的了。我们不妨缩小一些范围来看，三条大河的流域已经全是农业。而且，据说凡是从这个农业老家里迁移到四周围边地上去的子弟，也老是很忠实地守着这直接向土里去讨生活的传统……"

殊不知，费老的书出版几十年后的今天，不说其他地方，单就东明县黄河滩区的群众来说，随着居民迁建工程的实施，"最大多数的人"不再是"拖泥带水下田讨生活的了"。"下田"仅仅成了他们生活方式之一，他们讨生活的途径已经由田野扩展到了城市，他们自己的生活，也几乎与城镇没有多少差别了。

正望着竹林新村文化广场上几个老人围在一起下象棋的情景，旁边小学校的扩音器里突然传来学生们课间休息的音乐声。那音乐听上去悠扬悦耳，给人以舒缓亲近的感觉。于是，我想到了黄河滩区迁建之后的学生们，他们的读书生活和原来有什么不一样呢？

竹林新村的一所完全小学是长兴集乡刘乡小学，院子不算大，有一座宽敞明亮的教学楼。

42岁的校长毛秋敦毕业于菏泽学院中文系，2005年以来，他一直在长兴集乡从事乡村教育工作，2017年到刘乡小学任校长。

"一二一，一二一……"

音乐过后，校园里又响起响亮的口号声。放眼望去，操场上有学生在跑步、跳绳、做操，同学们认真地完成着每一项规定的内容。

毛校长告诉我们，在疫情防控进入常态化下，学校课间休息也多以非身体接触性的体能练习、发展心肺功能为主的单人项目进行，通过跳绳、慢跑、健身操等活动，让同学们动起来，并根据学生体能的恢复情况，循序渐进地提高练习强度和难度，逐步增强体质、提高免疫力、疏导心理焦虑。

"和城里的学校一样。"我说。

"那是，一切都是按照教学规划进行的。"毛校长说。

"搬迁之前，是不是没有这样的条件？"我说。

"搬上来之前，校舍都是平房，夏天漏雨，冬天没有暖气，交通也不方便，都是泥土路，下雨下雪很难走，有些学生常常不能按时上学。"

忆起当初，毛校长说条件实在有限，现在校舍改变了，三层的教学楼里音乐室、微机室、实验室，一应俱全。各种教学设施都是按照标准配备的，老师上课时运用先进的教学手段，效果同以前大不相同。他举例说，如今在实验里上实验课，学生们都能自己动手操作，比起以前只能在教室里做演示实验，学生们接受起来容易了很多。

学校不仅硬件设施水平提高了，师资力量也在逐年加强，每年都有新毕业的大学生到这里任教。毛校长指着一位刚进校任教不久的美术老师说，她填补了学校美术专业教师的空白。那位美术老师告诉我们，学校的办学条件比她想象的要好很多，教室里的多媒体能够让她在美术课上创设各种情景，学生们通过亲身体验后创作的欲望被充分激发出来，能够达到比较理想的教学效果。

毛校长还告诉我们，目前刘乡小学主要服务于整个竹林新村的学生，也有黄河滩区外面的学生慕名过来读书。刘乡小学办学理念是育人为本，全面发展，用心育人，以质立校。

据了解，刘乡小学的前身是五个自然村的三个教学点，2010 年搬迁之后才合并成为刘乡小学。目前，学校有 526 名学生，22 名教职工，共有一到五年级 11 个班。

"当初，滩区村民的求学历程显得格外坎坷。"陪同采访的长兴集乡同志回顾了当时几个教学点的情况，称那时学校里是"黑屋子、土台子和泥孩子"，因为校舍不达标，教学点也被挪来挪去，有时只有二三十名学生，还要自带凳子，找本课外书都很困难。班里差不多都是复式教学，并时常要面对滩区水灾的威胁。

近几年，东明县力促乡村教育实现新发展，对黄河滩区居民迁建中规划的学校，不断加大资金投入，大力改善滩区学校的办学条件，并统筹规划，统一设计，统一招标，统一建设，统一监理，统一验收。

"现在学校里的教学规模比原来扩大了很多，师资力量也得到了加强，一切都和城里学校没啥区别，所以学生入学率达到了 100%，甚至附近滩区外的一些学生也跑到这里来上学了，校舍也就渐渐显得有点小了，今年再招生得把实验室腾出来，不然学生越来越多，教室就不够用了。"现在，入学的孩子多，倒成了毛校长的烦恼。

毛校长说当初搬迁时学校的整体面积还是规划小了，也缺乏一个像样的操场，建议用发展的眼光看待新搬迁的24个村台上的学校规模，也建议上级想办法继续扩大刘乡小学的规模，不然再过上两三年，滩区孩子越来越多，适龄儿童入学可能要面临教室不够的问题了。

这时候，课间休息结束了，教室里再一次传来孩子们的琅琅读书声。

我和陪同采访的县乡上的同志也仿佛身临其境，坐进教室里朗读了。

那一刻，我们谁都不再说话，就那么静静地听着孩子们的读书声，似是在享受一场美丽的听觉盛宴。

世界上的声音无处不在，比如泉水的叮咚声，比如小鸟欢快的鸣叫，比如春雨滴滴答答的声音。那一刻，我们感觉最好听的声音就是孩子们的读书声。那声音响彻整个校园，令风光无限的黄河滩区锦上添花……

山峦耸立。

大河奔流。

小草发芽的时候，杨柳飞花的时候，麦子拔节的时候，田野上温馨弥漫。

那是怎样的壮丽呢？

其实，最壮丽的还是孩子们的茁壮成长，是他们那歌唱一样好听的读书声。

我们常常惊讶于土地上的生生不息，惊讶于种子的发芽生长的生命力。在人类漫长的历史长河中，土地如同苍天一样，神秘而神圣。敬天惜地是我们中华民族的祖训，而敬仰教育同样是我们的优良传统。所以，为了黄河滩区更多的孩子们，为了黄河滩区的教育发展，毛校长的建议需要被听到。

竹林新村幼儿园与刘乡小学校隔着一条路。

小学校里是琅琅的读书声，幼儿园里则是孩子们的欢闹声。读书声与欢闹声，形成了竹林新村的一道风景。这一读一闹，让人们聆听到了这一方水土绵长的声音。

这绵长的声音，是一种极致，纯净的极致，创造的极致。

刚一走进竹林幼儿园，园长刘玉林就指着正在上课的大班孩子们说："孩子的健康是家长们最牵挂的，也是我们最关注的，为了使孩子们度过每一个安全、愉快、健康的日子，我们经常通过上课和各种游戏，对孩子们进行安全教育。"

紧接着，刘园长又指着园内的大型滑梯说，这是孩子们最喜欢的，孩子们

"将来回忆起这些玩具和上课的情景，一定是温馨的，一定是舒适的"。

刘园长告诉我们，竹林幼儿园有 15 名教师，负责从小班到大班 200 多名入园孩子的教育培养。按照相关规定，幼儿园里的卫生、消防、安全设施都很齐全。

"每天早上八点上课，有些孩子七点就来了，因为家长们要去打工或下田劳动，所以每天我们都安排老师提前到园里值班，再怎么也不能让孩子们没人照看。"

刘园长今年 39 岁，毕业于聊城大学，一直致力于幼儿教学，他说每天看到孩子们天真可爱的样子，心里就舒服。

"放假休息在家没事做，听不到孩子们的欢闹声，看不到孩子们跑跳的样子，心里都有种空落落的感觉。"刘园长说。

刘园长还告诉我们，竹林幼儿园的建成，对于周边的好些村庄，尤其是搬迁的 5 个自然村的村民来说，是盼望已久的事。

张小雨小朋友来自原来的西竹林村，竹林幼儿园建成后，妈妈立即把她从离家很远的幼儿园转到了这里。

"2010 年，对于原来 5 个自然村的村民来说，可谓是'双喜临门'。"刘湘泉告诉我们，那一年不仅 5 个自然村的村民都搬进了属于自己的新家——竹林新村，孩子们也有了离家近的学校和幼儿园。祖祖辈辈"生活在黄河岸边的乡亲们，期盼着有朝一日能在黄河滩区有个安稳的家。就在那一年，这梦想成真了"。

烧饼摊、八字步和琅琅读书声，是我第三次到竹林新村时感受最深刻的情景。

如果说，一个木桶的容水量，是由组成木桶的最短的那一块木板决定的，那么教育与养老，常常就是一个地方发展的最短板。教育和养老不解决，"木桶"再结实也无法存住更大的水量。而在竹林新村，我们通过学校、幼儿园和文化广场上休闲的老人，感受到了这块教育和养老的"板"，一点儿也不比别的短。

破解黄河滩区百年安居难，犹如徐徐绘就一幅壮丽的历史画卷，每一笔都值得见证，都值得铭记。长兴集乡的领导告诉我们，竹林新村这样一个黄河滩区居民迁建的样本，因为当初很多方面都是"摸着石头过河"，所以或多或少还存在着一些问题。但这些问题，正好为全县 24 个村台和一个外迁社区的居民迁建，提供了借鉴。

多少年来，我们在黄河滩区听到的，是沉重与贫瘠的双重折磨，是洪水的肆虐与精神的流失，是四时不断的风声和雨声。而今，我们听到的已经是歌唱了，看到的已经是悠闲了，感受到的已经是幸福了。与洪水灾害的不断斗争，彰显的是我们这个民族血管里的热血，而结束与洪水的斗争，告诉世界我们的人民、我们的党以及我们的政府，绝不缺乏智慧和吃苦耐劳的精神。

所以，竹林新村有了文化广场上的烧饼摊、八字步、琅琅读书声。

17. 有过一条船的刘富旗

　　在东明县黄河滩区采访，脑子里总是想象：洪水来的时候，滩区到底是怎样的一种情景？

　　"这还需要想象吗？当然是泽国一片啊！"

　　长兴集乡宣传委员、七号村台乡级指挥长李绍旺听我说，立马笑出了声。

　　李绍旺说，只有你们作家和记者才用想象，年龄在二十岁以上的黄河滩区群众，没经历过那种情景的很少，他们都有刻骨铭心的经历。

　　有资料记载，新中国成立以来，这里遭遇过大小洪水40多次。

　　因为频繁被淹，黄河滩区群众多少年来不断重复着"抗洪—重建—抗洪"的悲情轮回。

　　与长兴集乡相邻的焦园乡同样如此，郭堂村王贵格老人对最近一次2003年的洪水记忆犹新，他说全村多数房屋被冲倒泡塌，淹死的牲畜漂在汪洋大海一般的水面上。

　　"你们外地人不知道，那水说来就来，四五米高的浪头翻卷着往前冲，墙倒屋塌，人都能吓傻了。"老人他说那样的情景想想两腿都打哆嗦。

　　王贵格老人家指着自家的房子给我们看，洪水顺着墙面流下的印痕依然清晰可见。

　　2009年，黄河小浪底工程建成，黄河水患减轻，但很多滩区群众依然不敢掉以轻心，一到汛期，每个人的心都绷得紧紧的。所以，很多人家里还留着防洪水的家什，生怕哪天灾难还会重来。

"近几年，随着黄河滩区居民迁建工程的进一步实施，人们逐渐不再看重那些防洪灾的用具了，有的甚至拿出来做了处理。"县委宣传部王恩标主任曾经参与过一篇《老刘卖船》的新闻报道采写，说的是竹林新村老刘的故事。

在王恩标的引领下，我们在竹林新村又一次见到了老刘。

老刘是几年前新搬迁过来的，新家很漂亮，是两层小洋楼和一个宽敞的小院。站在大门口迎接我们的是老刘的大儿媳妇，她刚才正在洗衣服，说搬到新家后全是自来水，洗衣服都比原来在老村时方便了很多。还说因为她丈夫是弟兄两个，所以要了两处小洋楼，对面不远就是另一处。

王恩标比较了解老刘家的情况，对老刘的大儿媳说："听说你弟媳妇是从贵州嫁过来的？如果还住在原来的滩区，怕是人家不可能大老远的往这里嫁吧？"

老刘的大儿媳妇一听笑了，说："那是啊，俺娘家还在滩外呢，要不是那年从老村搬到这竹林新村，过上了城镇一样的生活，怕是俺也很难嫁过来呢。"

"人往高处走，水往低处流"，谁也没想到，昔日让人闻之色变的滩区，如今竟成了"香饽饽"。

老刘叫刘富旗，今年59岁，他说那年把一条9尺的大船卖了后，心里还感觉挺轻松的。

"已经住上了新房子，屋里屋外都很干净，看上去像城里人一样，再有那样一条船放在院子里，既不伦不类，又占地方。"老刘说。

刘富旗说当时正值仲秋，地里的庄稼马上要收了，家里也需要钱，就把那条船给卖了。

"卖了多少钱？"我说。

"卖了很少的钱，是按废品处理的。如今不用再防洪水了，周围谁也不需要船了，虽然是一条挺好的船，但只能按废品处理掉。"刘富旗说。

"看来搬迁之后是真的放心了，如果像原来，每年都担心发洪水，那条船放在院子里再碍事也不会卖吧？"我说。

"那是一定的。"刘富旗说，搬迁之前他一家住在长兴集乡西竹林村，那里是纯正的黄河滩区。

刘富旗清楚地记得，1982年的那次大洪水西竹林村受灾最严重。滔滔洪水伴着呼啸的北风，一次次拍打冲刷着每家每户的房台。他家的房台虽然垫得高一些，但在洪水面前同样十分羸弱，五间房子一下就塌了三间，想进出村子只能靠船，没有船那些日子什么都干不成。

"当时村里只有两条小船，一发洪水那么多人根本都不够用。望着滔滔的洪水，大家出不去进不来，心里那个急噢。"刘富旗说谁家想买条船都不是一件容易的事，关键是那时候大家手里都没有多余的钱，穷了那么多年，盖房都掏出了家底，一下子再掏出钱来买条船，挺难的。

1996年秋天，连续的降雨再一次导致黄河水猛涨，刘富旗说站在大堤上向滩内望，村子里每家每户的房屋都像一个又一个孤零零的小岛，船再一次成为出行和救灾所依靠的交通工具。

"望着那样的情景，心里很不是滋味，嘴里一个劲儿地嘟囔着得有条船。"刘富旗说，洪水退去之后，他和家人们商量了一下，无论如何也得买一条船，有船能保命，有命就能有一切啊。

"那时候，俺家里的经济条件比原来稍稍好了些，如果不再垫房台不再盖房的话，也能买得起一条船了。可直接买花钱太多，成品船再怎么也比自己焊贵得多。"刘富旗说自己咬了咬牙，掏出家里的全部积蓄，也就"1000多块，买了钢板和所需要的各种材料，请人家给焊了一条能装下十几个人的船。虽然是自己焊的，不过钢板挺好的，足足有三厘米厚哩"。

古人言，居安思危，思则有备，有备无患。

刘富旗告诉我们，生活在黄河滩区，什么时候都得把一个"备"字想在前头，不然"事来了，躲都躲不过去"。

2003年秋季，黄河再一次发洪水，刘富旗的船派上了用场，不仅把自己家里的人全部平安送到了大堤上，还帮助村民们抢救了很多庄稼。

"别的地方种地，都是一季麦子一季玉米，我们这儿是一季麦子一季水。"

刘富旗说在滩区生活了大半辈子，最深的体会是一年到头不清闲，农闲时要拉土垫房台，烧窑盖房。这垫房台盖房子就像一道魔咒，将乡亲们紧紧地束缚住了。

我作了个假设，说黄河发大水的时候，把一个熟睡的城市人装进飞机，夜飞滩区，放在黄河大堤上，这人醒来环顾四周，会怎么样？

刘富旗听后笑着说，一定会吓得尿了裤子，以为身在海洋中了。

我说不至于吧？他说怎么能不至于呢？你没经历过那样的情景，大水在四周不停地啸叫，而且一眼望不到边，树也只剩下了树梢，房屋和庄稼全没了影儿，任何人在那样的情景中都会手足无措的。

某种程度上，黄河滩区是一部天方夜谭，充满惊险与神奇。

经历了千百年的风刀雨剑，雨打雷击，如今随着居民迁建工程的实施，滩区已然是绿荫覆盖，绿树成行。

"还是党的政策好，一下把咱搬迁到了新村台，再也不怕发洪水了。"刘富旗说。

2004年，黄河滩区居民迁建的步伐开始加速，上级制定了西竹林村和其他几个村庄往村台上搬迁的政策，滩区群众一下子有了盼头。但后来，新村台淤筑好后可以搬迁了，刘富旗却和毛吉志一样，打起了退堂鼓。

"老百姓有句俗话，叫一搬三年穷。俺家本来就够穷得了，只要不再发洪水，在老房子里住着也挺习惯的，搬迁到新村到底是啥样？况且自己还要往外掏一些钱。"刘富旗说按照当时政府的设计规划，盖新房子至少得花去20多万元。

"咱就是一普通老百姓，哪里去弄那么多钱盖楼房啊？"刘富旗说。

于是，刘富旗找到几个生产队长一合计，决定集体抵制搬迁。

那段时间，从乡到村，各级干部没少在刘富旗身上下功夫，还有县直机关的干部专门驻村蹲点做他的工作。

"发生过口角，也有过争执，但更多的是解释和商量。想想干部们都是为了咱滩区群众好，可那时候咱就是觉悟低哩，一时半会儿对上级的政策还理解不那么透彻，也就犯了那股子倔脾气。"刘富旗说。

后来，政府许诺的工程如期完工，给群众的补偿也是说到做到，一分都不少。

面对这样的情况，刘富旗说自己也就渐渐想通了。

2012年，刘富旗领到了政府发放的4.8万元住房补贴，自己又添了10来万，终于盖起了现在住的二层小楼。

从阴暗潮湿的老村老房子搬进宽敞明亮的小洋楼后，刘富旗说挺后悔当初自己的抵制行为，给政府和干部们造成了很大麻烦。

对于自己和村人们当初的"不合时宜"，刘富旗想起来还有些耿耿于怀。

一次，刘富旗与好朋友们聊天，再次说起此事，竟然伸出手来不住地拍打脑袋，一边拍还一边说，这哪里是一个人的脑袋，完全就是一个榆木疙瘩呢。

命运把太多的苦难和辛酸降临到黄河滩区群众身上，而命运又如此多情地用苦难造就了黄河滩区群众的刚毅和坚韧。有过一条船的刘富旗，望着自家的小洋楼,说环境多好,这路多好,水电煤气多好,学校幼儿园多好,这都亏了居民迁建的好政策哩。

告别的时候,刘富旗说两个儿子都在外面打工,家里一年能攒下几万块,平时他就忙活全家九口人的二十多亩地。我问竹林新村其他人家与他家的差别,他说基本一样,反正条件摆在这里,只要努力,日子就一天比一天好。

从竹林新村返回的路上,望着郁郁葱葱的黄河滩区,我思绪翻腾不已。

这片多灾多难的土地,耗去了党和政府多少智慧和力量,耗去了干部群众多少生命与血汗。黄河滩区居民迁建,必是一项不朽的世纪工程。从此,黄河滩区曾经的满目黄沙,将被永远的葱郁所覆盖。

18. 刘湘泉回乡

如今真的可以说，这里富庶，这里舒适，这里秀美。

是的，这里丰富着你对美好人间的想象。

这里是哪里？这里还是黄河滩区吗？

这里不是别处，正是长兴集乡的竹林新村，纯正的黄河滩区。

从2004年开始，历经16个春秋激荡，竹林新村已经成为黄河滩区居民迁建的样本。如今，这里迎来高光时刻。无论中央，还是省里、市里的媒体记者，只要来到东明县的黄河滩区，这里是必须要走一走的地方。只有在这里走一走，才能真切感知黄河滩区居民迁建出的美丽乡村是什么模样，才能深切体会黄河滩区的美好生活是咋回事。

在这里，美丽的乡村在诉说；

在这里，美丽的家园在召唤；

在这里，美丽的黄河滩区在跃起。

这里，已成为黄河滩区的"面子"；

这里，已成为居民迁建的标杆。

近几年，这里吸引来很多人，有外地的，有本地的；有创业的，亦有投资的。本地的是回乡，外地的是寻找。回乡者望着自己的家乡，满脸含笑，颇感亲切。当初从这里走出去的时候，这里还是满眼的贫穷和落后，如今展现于眼前的，是美丽，是富足，是物质生活的提升，是精神状态的改变。寻找者走过黄河大堤，走进整齐漂亮的小洋楼，捕捉到了商机，感受到了一处美向一片美、一时美向持久美的发展形势。

有年长者说，活了大半辈子了，总算正儿八经地被重视了一回。

有年轻人说，这里能办实事，也能办大事，办好了滩区人不比别人矮一头。

这就是竹林新村的现实。

2018 年，改革开放 40 周年之际，有记者写过一篇《出"黄河滩区"记》的文章，说的是东明县黄河滩区群众经过居民迁建走出"黄河滩"的故事。

多少年来，滩区群众饱受洪水泛滥之苦，他们太需要走出黄河滩区了，太需要过上好日子了。然而，历史原因造成了很多不可能，现在终于等来居民迁建工程的实施，正如记者在那篇《出"黄河滩区"记》中所言：

四十年能改变什么，又能塑造什么？

一直以来，东明县黄河滩区群众，似乎永远都无法预知明天和意外哪个先来。

面对一场初雪，黄河滩区的群众是否还在为抵御寒冷而劳神烦心？站在四十年后的今天，他们是否没有了彷徨与惊慌、失落与挫折，他们是否看到了下一个四十年的希望与蓝图？

作为黄河滩区群众占据全省 20% 的东明县，有太多滩区群众世代在滩区居住耕作，饱受洪水之患。经常发生的漫滩，不仅淹没庄稼，更毁坏房屋。修修补补，不如彻底"逃离"，多年来搬离黄河滩区成为群众的殷殷期盼。

2017 年，山东省决定用三年时间，通过分类实施外迁安置、就地就近筑村台、筑堤保护、旧村台和临时撤离道路改造提升等五种方式，全面完成 60.62 万黄河滩区群众的迁建任务……

"其实，我们没有离开黄河滩区，怎么能离开黄河滩区呢？"

说这话的时候，毛吉志老人很激动，他指着自家所在的竹林新村说，这里依然是黄河滩区，我们只是搬出了老房子，住上了有高村台的新房子。新房子不再饱受洪水泛滥之苦，日子自然会一天天好起来。所以说，我们不光没出滩区，很多走出滩区的人也都回来了，因为滩区的现实令人欣慰，谁不想回自己的老家过好日子？

事情确实是这样。

刘湘泉就是一个例子。

早些年，刘湘泉走出了黄河滩区，后来又回到了黄河滩区。

刘湘泉走出黄河滩区，是走向了大城市。

刘湘泉回到黄河滩区，是回到了生他养他的故乡。

刘湘泉是竹林新村人，早些年离开了竹林新村。不对，是离开了老竹林村，用他的话说那时候还没有这个"新"字，没有"新"字的竹林村，和有"新"字的竹林村完全不是一码事。在他走南闯北经历着的时候，竹林村添上了一个"新"字。也正是这个"新"字，把他从四季如春的云南省昆明市拽了回来。

今年初，我到黄河滩区采访之前，东明县委宣传部曾给我发过几份资料，以作备采之用，其中就有刘湘泉被"拽"回故乡的事。

我曾经有许多年在昆明从军，知道春城的美丽，也清楚春城的宜商宜居，所以对刘湘泉从春城昆明回到黄河滩区的故乡，多了几分疑问：昆明这样宜居的城市都没把他留住？咋就能把他给拽回来呢？

村委会办公楼旁边，是刘湘泉的家，一栋别致的二层小楼，墙上藤蔓缠绕，整洁漂亮。

"放在几年前，根本都不敢想象！"

刘湘泉对我们说得第一句话就是感慨，他感慨如果没有当年的整村居民迁建，他或许依然还在异乡漂泊着。

已经54岁的刘湘泉，看上去依然年轻。他如今是村委会的副主任，说话朗声朗气，一边笑，一边给我们讲述他的走南闯北故事。他说了几句颇具"文艺"色彩的话，让人感觉好像与他这个年龄的农人太不相符。他说："有动人的'乡喜'，才有真正的'乡愁'。乡愁就是你离开了这个地方，还会时不时地想念这个地方。为何要想念？因为这里有美好的回忆，也有让人期盼的发展前景。"

"当初，为啥要离开？"我说。

"因为穷。"他说。

"现在，为啥要回来？"我说。

"因为曾经穷。"他说。

几句话，简直带着几分哲理。

滩区迁建吸引着在昆明当老板的刘湘泉回到故乡，
对于故乡的改变，他充满信心

今年春节前，我曾与省城一位学者讨论过"异乡"问题。那位学者说某种程度上，异乡就是故乡，故乡也是异乡。但无论怎么说，人离开生活了很多年的故乡，在一个无法畅所欲言的异乡，找不到适合自己的起点，排遣不了数不尽的孤单与寂寞，就总想到"回家"二字。

1993 年，在黄河滩区长大的刘湘泉，看到滩区外的地方改革开放后，随着生产条件和生产环境的改善都先后富裕起来了，便就生出了改变滩区落后面貌的想法。但事实证明，仅凭个人力量很难改变落后的生产环境和生产习惯。黄河滩区的道路曲折泥泞，居住的房子建在一个又一个高高的房台上，每逢洪水来临，房子就像一座座孤岛。而且黄河滩区大多没有机井，甚至田地里没有生产用电。又因为滩区年年遭受洪水侵袭，农业基础设施没有建设，生产生活条件比滩区外面差得不是一星半点。

"开始想改种高效农作物，结果不行，技术难度太大，实现不了。"刘湘泉说。

"后来，又想进行种植结构调整，种什么和不种什么，得与黄河滩区的实际结合起来，要不费了半天劲没效益，不是白忙活吗？"刘湘泉说。

那时候的刘湘泉还很年轻，有让家乡富裕起来的满腔热血。但理想很丰满，现实却很骨感。虽然不断实践，虽然也努力过，他依然还是挨了现实一记响亮的耳光。

"有些事情不是一厢情愿就能办到的，一切都得服从现实。穷得连饭都吃不上的时候，会选择果腹的干粮还是梦中的美味佳肴？"

刘湘泉说他从 10 岁开始就跟着父母拉土垫房台，工具从小推车换成架子车，又从架子车换成马车，再从马车换成拖拉机，20 多年从未有过停歇。因此，他便想不再拉土垫房台了，也不再盖房子了，想离开黄河滩区，去外面闯一闯大世界。

"都说外面的世界大，咱去闯闯大世界，也不是不行哩。"刘湘泉说。

"怎么就去了昆明？"我说。

"有个亲戚在昆明，俺一翅子就扎到那里去打工了。"刘湘泉说。

"打什么工？"我说。

"跟着一个公司给人家搞装修。"刘湘泉说。

"每个月挣多少钱？"我说。

"开始时很低，几百块钱。"刘湘泉说。

"后来呢？"我说。

"后来多了，从几百到几千，又从几千到近万。"刘湘泉说。

"一直跟着人家干？"我说。

"后来有了经验，也知道怎么联系活了，就自己开了一家公司。"刘湘泉说。

"当老板的感觉是不是很好？"我说。

"没什么好，操心多，下力多。"刘湘泉说。

"有了自己的公司，是不是收入也就更多了？"我说。

"那当然，后来就把老婆孩子也接过去了，一家人都在那里生活。"刘湘泉说。

在外面一下待了将近 20 年，刘湘泉说依然感觉精疲力尽，而且很多事情也不是想象的那么好。那些年内心里感觉很苦恼，天天想着的是黄河滩区难道就没有改变的一天吗？

"农村有句俗话，'儿不嫌母丑，狗不嫌家贫'，黄河滩区毕竟是咱的故乡，难道咱连狗都不如吗？"刘湘泉说，那些年他人虽然在遥远的昆明，心却一直牵挂着故乡，想着故乡一定会有脱贫致富被改变的那一天。

"那么广阔的一片土地，难道就没有富起来的可能了？"

刘湘泉说虽然在昆明经营着自己的公司，但经常会想起家乡的一切，甚至晚上做梦就是站在黄河岸边，望着一座座房台发呆。

2011年，黄河滩区淤筑大村台，全村要搬进大村台的消息传到了他的耳朵里。刘湘泉说自己一下子来了精神，想着这样不仅能改善生活和居住环境，避免洪水侵袭，还能在滩区实施新的产业布局。于是，他产生了回家的念头。

"当时自己就想，偌大的一个昆明市，有本事的人多着呢，根本不缺俺一个刘湘泉，可黄河滩区的竹林村，缺了俺刘湘泉还真不一样。"

刘湘泉说，不是吹牛，当时真的就是这么想的，感觉自己一直有改变家乡的理想和抱负，如今机会来了，回到家乡出一把力，是不是真的就能把家乡给改变了呢？

刘湘泉心里清楚，要想回到家乡施展自己的理想抱负，当一个普通村民不行，要比普通村民看得更长远，更有话语权才行。于是，回到家乡不久，他就弄了一套音响设备，每天傍晚搬到新建成的竹林新村文化广场上，对着围观的群众讲述自己改变家乡、脱贫致富的"施政纲领"。从道路建设到产业布局，从思想解放到精神享受，他一条一条地说，一点一点地解释，以至于竹林新村搬迁不久他就被群众推选为村委会副主任。

"一开始俺就把自己的想法写成一份报告，报给了乡党委、乡政府领导，并一件一件地组织落实。你们看到了，竹林新村现在完全就是一个城镇的样子，有文化广场，有娱乐场所，还有图书室和展览室，完全就是新农村的新模样。"

刘湘泉说现在看，自己回来对了，住的是小洋楼，走的是柏油路，学校、幼儿园、卫生室、养老院、公交车站等就在家门口，原来做梦也不敢想的事，如今可是全都实现了。

"当初在竹林村老址时，有的村民离自家土地七公里远，搬迁后最远的距离也才四公里多一点，而且还腾退出了1190亩耕地，村委会如今又在谋划发展特色农业旅游项目了。"刘湘泉这样说的时候，脸上的表情很丰富。他说一个黄河滩区的村子，一下子变成了城镇似的模样，什么时候想想都高兴哩。

采访正在进行，刘湘泉突然想起了什么，冲我们摆摆手，说不好意思，得向村民们宣布一件事，待会儿再和你们聊。

不大一会儿，我们从村里的广播喇叭中听到了刘湘泉洪钟一般的声音。

刘湘泉在向竹林新村的村民们宣读长兴集乡刚刚下发的建设社会主义美丽乡村的相关规定与要求。我们听着，他一条一条地宣读，一条一条地解释，并不时描绘着美丽乡村建设的美好蓝图。

乡村是美好的，蓝图更加美好。

夜晚在竹林新村一带驱车前行，时不时能看见接通了电源的红色党徽在夜幕间闪烁，宛如一座座灯塔。时不时还能听见刘湘泉在广播中的声音，那分明是一种力量在这里汇聚，又从这里向四周辐射开来。

2020年是黄河滩区居民迁建的收官之年，年底前要全面完成滩区迁建任务，基本解决全省60万滩区群众的防洪安全和安居问题。竹林新村这个居民迁建的典型，吸引了很多外出打工者回到故乡。如今黄河滩区一天一个样，谁不愿意在家门口干事情呢？

刘湘泉还描述了今年竹林新村过年时的情景，他说火红的灯笼早早就挂了起来，每家每户新房子里温暖如春，穿着新衣裳的孩子们忍不住跑去广场上追逐嬉闹。尽管新冠疫情侵袭，村民们依然沉浸在年的氛围中。

"因为武汉疫情严重，大伙都担心同胞们的安全。不过总的来说，我们这年还满是幸福味。"刘湘泉说。

刘湘泉说早些时候在老村过年，正是大伙忙着垫房台的时节。搬到新村圆了安居梦的村民们，现在考虑更多的是如何再圆致富梦。

刘湘泉还告诉我们，竹林新村还有几个人，也是和他一样听说老村搬迁从外面打工回来的，大家都想回到家乡拼搏一番，把竹林新村建设得更加"新"，更加"美"。

是啊，家门口的竹林新村，不是童话里的胜境，而是真实的生活画卷。

这样的生活画卷，令刘湘泉们回归，令众百姓们欢喜。但乡村振兴讲求实干，脱贫攻坚仍需奋斗。正如东明县委副书记季士峰所言，逐渐城镇化了的竹林新村，是其他社区的绝佳样本，但也存在着授人以鱼不如授人以渔的问题，想让黄河滩区群众真正脱贫，还需要继续打通他们的"生财之道"。

19. 不一样的乡愁

"去年七月，俺们就办理了选房手续。当时。俺一家人非常高兴，想着从今以后就能和城里人一样住上漂亮的楼房了，整整一夜都没睡着呢……"

虽然已经过去了八个多月，说起当时选房的情景，菜园集镇兴隆村村民郝艳萍脸上依然露出激动的表情。她说全家五口人，选了一套175平方米的房子。

"在这边交款，再签协议再入档案，然后是选户型。之后，就等着建好新房后搬家入住了。"郝艳萍说。

据了解，菜园集镇一期村台涉及1900多户，8800多名群众。当时，在手续办理现场不仅有收款服务，同时还开通了信贷服务的绿色通道，银行现场为群众办理信贷资金支持。

东明县农商银行的赵留现说，仅用了四天时间，就收款280户，1500余万元，共发放信贷客户70户，信贷资金300余万元。在选房现场，人们脸上洋溢着喜悦的笑容，很多人早上七点多就赶过去排队等候。

后来，这样的选房情景又在黄河滩区多次上演。

"有了竹林新村这个样本，很多人感受到了居民迁建后真实的美好生活，所以接受起来比较容易一些。"东明县滩区居民迁建指挥部的同志表示，榜样的力量是无穷的，如果当初没有竹林新村这样的典型，怕是滩区很多人一时半会儿转不过搬迁的弯子来。

县委宣传部的同志说，有些村子的老村址搬迁之后是要复耕的，每一个复耕现场都很令人难忘。搬进新村的老百姓，眼巴巴地看着忙碌的推土机、运输车，看着慢慢消失的老村庄，都在那里纷纷擦眼抹泪。

我问一位满头白发的老者，旧村复耕时心里难过吗？

老者笑笑说，当时心里的滋味也是不好说哩。看看窗明几净的小洋楼，感觉比老村强太多，搬新家是真的从心底里高兴，但是想想祖祖辈辈住过来的老屋一下就没影儿了，还是有点舍不得。

老人说，他们村是明朝年间从山西大槐树搬来的，已经有几百年的历史，一下子就消失了，大伙看着心里还是挺失落。

"年轻人接受得快，老家伙们脑子里想的还是老屋和老屋里的破东西。"老人说。

"搬得并不远，从新村到老村也就几里地，想的时候就过去看看。"我说。

"再看也没劲了，已经推平了，什么也没有了。"老人说。

"可老村子依然是一份乡愁啊。"我说。

"现在不愁吃不愁穿，也不愁黄河发洪水了，就好好地安度余生吧。"老人说。

老人的话也让我想到很多。黄河滩区居民迁建是从中央到地方都十分重视的一项大工程，而这样的大工程，说功在千秋也不为过。但乡愁也的确牵动着老人们的心。我想搬迁之后能不能留下一些有代表性的老村子，作为对地域文化的一种保留和抢救呢。比如黄河入鲁第一村的辛庄村，站在村头望黄河，想象着曾经的洪水泛滥，曾经的人与洪水的斗争，或许也是一种滩区精神的守望呢。

还是在黄河入鲁第一村的辛庄村采访时，一位七十多岁喜欢说古的老人，讲述了一段故事。他说这里也是当年大禹走过的地方。我问是古代那个因为治水三过家门而不入的大禹吗？老人说正是，这世界上又有几个大禹呢？

老人这样说的时候，看那神情已经有些忘我了，脑子里似是出现了一个幻化出来的场景。

残阳如血的黄昏，晚风吹拂着身边的野草乱荆，发出簌簌的声响。那一刻，晚霞很是荒凉了，斑斑点点飞向了远处，飞落在了起伏跌宕的黄河波涛上。河水如血，是一种令人恐怖、令人胆战心惊的色彩。黄河由西南方向滚滚而来，滔滔涌涌，被眼前苍苍茫茫的土丘阻挡。于是，水便漫溢，慢慢上涨，浪涛訇然，一棵棵大的小的树木被洪水卷走，打了一个漩涡，便不见了踪影。大禹眉额紧蹙起来，他想怪不得老百姓说这里常闹洪水，牛马猪羊和人，溺死很多，这么大的水患如不征服，可怎么得了？

这样想着，大禹摘下荆冠，站起身来，呆呆地望着滔滔黄水，焦虑和不安也像洪水一样在他的心里翻腾涌涨。

几天之前，大禹才从黄河上游过来，黄河在青铜峡发生了壅塞。他手挥神斧，将大山劈开一道巨隙，上游水被疏导开来，河水滔滔汩汩奔泻而下。他总算舒了一口气，不过他也已经十分疲劳了，十几年没回家了，曾经三次过家门而不入，在家门口听到孩子的哭声，强忍了忍，继续前行。没想到这里又闹水灾，而且水势之大，灾情之重，比起上游不知道严重了多少倍。大禹心急如焚，不时拣起一块土坷垃在地上画画，又摇摇头，心中的一个个方案被他否定。他扔掉手中的土块，茫然在河畔徘徊……

这时候，暮色苍茫，西天的晚霞在剥落，乌云从远山磅礴而来，气势汹汹。雨躲在云的背后，发出沉默的暗示。蓦然间，一卷天书出现在眼前的草丛里，大禹急忙拣起，一页页翻阅着书卷，惊喜得眼睛一亮，这天书里正有他苦思冥想而不得的治水方略。

大禹一时激动，兴奋地抬起头来，见一美女沿河翩翩而去，衣裙摆动的窸窣依稀传来。大禹喜出望外，莫不是仙女下凡送来了天书，给这方百姓提出了指引？于是，大禹按照天书之道，率领百姓挥动木锸，疏通水道……

"从此，这里没再发过太大的洪水，都是因了大禹的威力。"说古的老人说。

"早些年，这里不是同样发过大水吗？"我说。

"早些年的大水，完全不是更早之前的大水，如果没有当初的大禹，怕是这方百姓早就随水而入东海了呢。"说古老人说。

辛庄村年轻的党支部书记李占胜告诉我，这位老人曾是一个说书人，年近八旬，早年生活悲苦潦倒，平时喜欢穿一件破袄，头发也杂乱如草，皮肤像暴晒过的橘子皮。他总习惯性地眯着眼睛，深深的皱纹在脸上纵横交错铺排开来，他常半躺半坐偎在麦秸垛边悠闲地抽着旱烟，能把《三国演义》讲得荡气回肠，还会讲杨家将、隋唐和聊斋故事。

无论说古老人说得对与不对，关于黄河洪水泛滥的愁苦，却一直让这方百姓纠结。

如今随着滩区居民迁建工程的实施，大禹的喜出望外已成为现实，即便是再去怀念当初，也是幸福生活中割不掉的愁绪了。

还有人告诉我，竹林新村搬迁之后，原来的几个老村就复耕了。复耕时，有年轻人跑到老村址上放起了烟花爆竹，并高唱起一种祭奠似的歌曲，说是对旧事物的告别，也是新时期的出发。

我能理解这些年轻人的举动，乡愁文化是流淌在我们文化基因里的，某种程度上也支撑着我们的文化自信，无论怎样，其意义都深远而现实。

采访结束时，我给县委宣传部的领导提了那个曾经想到的建议：滩区群众搬迁之后，还是保留一些有意义的村落比较好，比如黄河入鲁第一村，比如沙窝镇的马集村，比如长兴集乡的找营村，都是镌刻着黄河滩区重要文化符号的村庄，今后可不可以开发成黄河滩区文化旅游项目，可不可以做成民宿，打通从古至今的乡愁文化通道。因为乡愁并非愁，而是人与自然、人与文化、人与生命、人与生存和生活的融合发展。

一个春日的下午，太阳暖暖地在天上挂着。竹林新村文化广场一角，几位老人正坐在那里聊天。春节过去一个多月，老人们依然穿着过年时的新衣服，一个个满脸带笑，精神矍铄。听说要对他们进行采访，几位老人有点不好意思，有的摆摆手，说还是找年轻人吧。有的冲我笑笑，说没啥好说的，反正俺们天天找到一起拉家常，图的就是解个闷。

看得出，现在的竹林新村老人们有地方玩了，儿童也有地方闹了，扑面而来的现代化早已把刻板陈旧的老村子甩进了黄河里。

"过去一到冬天就冻得不行，如今冬有暖气，夏有空调，日子那叫一个舒坦哩。"67岁的村民翟青枝满意地说。

"这都是搬到新村后置办的，前几年还在这个新房里给儿子办了婚礼。"翟青枝说现在出门就是超市，什么东西都能买得到。过去在老村时，一到雨雪天那路就成了泥巴地，连门都出不了。

39岁的刘优胜也是竹林新村人，前几年投资了15万元进行肉牛饲养，如今已有20多头的规模，还想再筹些钱进一步扩建场舍。他说搬进新村后，还经常会想起老一辈的日子，爷爷和父亲一辈子都把钱用在了建房子上，也没钱干别的。现在不用再为盖房子发愁了，就得集中精力搞发展。

"这么好的时代，这么好的政策，最关键的就是甩开膀子好好干事。"刘优胜说。

的确，"等、靠、要"思想不破除，精准扶贫、精准脱贫目标就不可能如期实现。

当前，脱贫攻坚已进入攻城拔寨、决战决胜的冲刺时期。习近平总书记强调过，注重扶贫同扶志、扶智相结合，激发贫困群众脱贫内生动力。黄河滩区人民铭记乡愁，强化"弱鸟先飞"的意识，就会成为脱贫攻坚的最强力量。正如山东省委、省政府所强调的那样，要立起奋斗之志，补齐"精神短板"，全力打赢黄河滩区居民迁建攻坚战，就一定能实现"小康路上一个也不能掉队"的目标。

第五章
"中"字头涌进来

20. 质量是个问题

黄河滩区居民迁建大规模开工的消息，多家媒体都曾经有过报道，也引起过强烈反响。

2019 年 5 月 30 日，焦园乡八号试点村台主体工程正式启动。菏泽市委副书记、市长陈平到场宣布开工。用媒体的话说，掌声雷动，机械轰鸣，这振奋人心的时刻将载入史册。

说起当初，焦园乡的同志告诉我们，八号村台开工时，周边滩区群众都自发来到了现场，看着新社区的规划图，看着自己心仪的户型，有的眼含热泪，有的激动万分。

的确，追逐多年的"安居梦""振兴梦"和"幸福梦"将要成为现实，任谁都会激动。

然而，紧接着的问题就来了：房子的建筑质量能保证吗？

在东明县黄河滩区期间，我们专门对县里相关部门和滩区群众进行了采访，既感受到了官方对滩区居民迁建的决心和信心，也感受到了滩区群众与政府默契配合，对全力搞好居民迁建的支持。

东明县扶贫办的同志告诉我们，为保障黄河滩区群众的生命财产安全，县里于 1996 年和 2003 年，先后两次对黄河大堤西 1.5 公里内的村庄进行过滩外异地搬迁。2004 年，又根据国家政策，争取到了亚洲开发银行贷款和省级财政配套资金的支持，在长兴集乡滩内淤筑起了两个防洪村台，建设了七号新村、八号新村，也就是现在的竹林新村。

"之前的竹林新村建设给我们提供了很多好的经验和做法，深受群众欢迎。这包括提高了滩区群众的安全系数，没有改变滩区群众生活习惯和耕作半径，极大地改善了群众的居住条件和生活环境，而且通过旧村址的复耕节约了土地，实现了'一村一品、一台一韵'旅游开发等。"县政府的刘庆喜介绍说，黄河滩区大规模的居民迁建一开始，就本着公开透明、科学施工、质量至上的原则进行。

　　"黄河滩区居民迁建是'天字号工程'，任何人都不敢弄虚作假，什么时候建设质量都得排在第一位。"焦园乡八号试点村台建设乡级指挥长郑强胜说，不仅市里、县里非常重视，中央领导也十分关注，专门令相关部门询问工作情况。山东省委书记刘家义不仅两次到东明黄河滩区调研，后来还通过视频电话了解迁建工作的进展情况。省政府也多次召开专题会议推动黄河滩区迁建，争取有关部门的支持。

　　据了解，菏泽市委、市政府每月召开一次黄河滩区居民迁建领导小组会议，市领导坚持每月深入滩建一线调研。为把这一事关黄河滩区群众安全和长远发展的重大民生工程抓实抓好，东明县委、县政府把滩区居民迁建作为全县头等大事和"一号工程"，举全县之力，攻坚克难，全力推进。

　　东明县黄河滩区居民迁建指挥部领导接受采访时称，黄河滩区迁建质量的确是一个大问题，滩区群众担心也可以理解，毕竟前些年有的地方在工程建设中，出现过一些侵害群众利益的不正之风和腐败问题，有的党员干部违规干预工程建设，甚至在工程建设中弄虚作假。一个工程项目从审批、规划、招投标到施工、质量监理、验收评估等，至少要有十几个环节，涉及众多部门，腐败问题却依然无孔不入，出现了"豆腐渣工程"。这些"条子工程""人情工程""关系项目"等，不仅影响了工程建设等经济活动的正常开展，还破坏了市场公平竞争秩序，损害了国家利益和公共利益，破坏了党和政府的公信力，危害甚大。但随着反腐败力度的不断增强，近几年这方面的问题得到较好的解决，有些干预工程建设、插手重大项目的领导干部，也受到了应有的处理。为让滩区群众对迁建工程放心，东明县委常委会每半月研究一次滩区迁建工作，县指挥部每周一调度，及时协调解决推进过程中所遇到的困难和问题。县委书记、县长每周都到滩区进行调研，全县 24 个村台的指挥长、常务副指挥长，每周都要靠在施工一线三天以上，县滩建办每天都到施工现场轮回督导，自上而下，形成了无缝隙、全覆盖的督导体系，确保了各项工作的有序开展、压茬推进。同时，针对居民迁建工作，县里坚持把工程质量放在首位，把精细化管理纳入工程管理全过程，从占地清表、围堰修筑、吹填淤沙到施工现场管理，层层把关，严格监管。

在村台沉降中，各村台由于吹填工艺、时间、位置不同，沙粒大小、黏度、密度不同，加上受气候和天气的影响，沉降期也不相同。因此，在具体实施过程中，县滩建指挥部要求坚持时间服从质量，不断加强同省市有关部门及专家的沟通对接，强化技术分析和研究论证，对两个试点村台，积极采取"碾压＋震压""打井降水＋震压"以及强夯等地基处理措施，在确保工程建设质量的前提下，加快了试点村台的沉降。

为加强黄河滩区迁建的资金管理，东明县还先后出台了《黄河滩区居民迁建资金管理暂行办法》《黄河滩区居民迁建资金管理实施细则》《黄河滩区居民迁建项目指挥部工作经费管理办法》等一系列制度规范，并聘请了三家审计公司全程跟踪审计，确保了滩区迁建资金管理规范、专款专用。

事实上也确实如此，无论我们到哪一个村台上采访，都能看到手拿钢尺、计算器、测量仪的技术人员，他们头戴着安全帽，身穿着工作服，在每一处施工工地上穿梭着，一会儿瞅瞅这里，一会儿看看那里，像侦察兵一样，眼睛盯着施工中的每一个环节。郑强胜说，这是常态，工程一开始，就实行招标投标制、建设监理制、合同管理制，确保每一个施工环节都符合质量要求。

"质量可是真保证质量，绝对没有丝毫的弄虚作假，都是实打实的。如果谁敢让滩区居民迁建这样的大项目上出现质量问题，那可真是找死哩。"郑强胜说。

很多时候，我们常说百年大计，质量第一，可往往在不经意间，这质量就不是第一了。比如有些地方曾经出现过的"豆腐渣工程""条子工程""人情工程"等。但是，在滩区，县级领导干部刘庆喜告诉我们，全县四个滩区乡镇的 24 个迁建村台，施工都是在保证质量的前提下，结合本乡镇工作实际，按照时间节点、工作任务，列出时间表，倒排工期，挂图作战，全力推进。

"遇到过特殊情况吗？"我问。

"据我所知，各个村台都遇到过。"郑强胜说。

"怎么解决？"我说。

"滩区居民迁建遇到特殊情况，都是马上请专家诊断，集中各方力量想办法。如刚开始挖地基的时候，很多村台地质情况都不一样，甚至差异很大，这是由于所处的位置不同所致。遇到了特殊情况就请市、县两级的建筑专家到现场勘察，仔细分析研究，反复进行讨论，最后再根据不同情况制定出解决办法。"关强胜说。

"多用钢筋和水泥?"我说。

"一听你就是个外行，施工质量的好坏不是钢筋水泥多与少的问题，就像医生给病人治病，关键得用对症的办法解决问题。"郑强胜说。

郑强胜还给我们讲了一次领导到现场调研的事。他说市、县领导平时经常到施工现场进行调研，一没注意可能县委书记、县长就走到面前了。2019年12月份的一天，菏泽市委书记张新文带领市直有关部门负责人到滩区专题调研居民迁建工作，先后到了长兴集乡六号村台、二号村台和八号试点村台，深入施工现场，入户查看房屋结构，与建设单位的有关负责人深入交流，详细了解各个村台的建设情况。他还亲自主持召开座谈会，听取东明县和长兴集乡、焦园乡主要负责人关于滩区居民迁建工作的情况汇报，强调滩区居民迁建是一项惠当前、利长远的重大民生工程，各级党委、政府都要提高政治站位，坚定信心，鼓足干劲，坚决打赢这样一场"硬仗"。还要抓住关键环节，强化部门协作，加快工程进度，确保工程质量，让滩区群众搬得放心、住得安心。

市委书记如此，市长也是如此。去年的一天，提前没打任何招呼，菏泽市委副书记、市长陈平突然就来到了施工现场，他发现新房子里有几个滩区群众正在查看质量，便语重心长地告诉县、乡领导，一定要警觉质量问题，严格把好质量关。滩区居民迁建是一项从中央到地方，解决群众生命财产安全问题的重大举措，也是各级党组织带领滩区群众脱贫致富奔小康的必由之路，大家一定要强化责任心，实行终生问责制。同时，还要考虑今后五十年、一百年的发展，考虑滩区群众搬迁之后通过土地流转、招商引资，发展高效农业，开发黄河沿线观光旅游，解决群众生产生活的后顾之忧，让滩区群众真正实现"搬得出，稳得住，能发展，可致富"。而这些事情可不是说说就能做到的，要下真功夫。否则，对现在、对将来、对历史都无法交代。

不久前，陈平市长又来到长兴集乡的十号、八号和一号村台建设现场进行调研，并听取了滩区居民迁建工作的情况介绍，实地察看了村台建设进展，详细了解了工程建设中存在的各种问题，对下一步工作提出了明确要求。在长兴集乡一号村台施工现场，陈平市长对照施工人员名单，现场抽查了人员上岗情况，他指出，要进一步强化施工力量和施工质量，加强对人员的管理，对滩区居民迁建工程实施全过程监管，全力加快工程建设进度。

一方地域，彰显一个时代的精神；

一座建筑，承载一方地域的灵魂；

一座地标，成就一方地域的传奇。

颇有历史厚度的黄河滩区，有着独特的灵魂与传奇，置身于这片沃土，我们会听到她快速而有序的心跳。昨夜，这里还是荆棘遍地、芳草萋萋，今朝，一幢幢别致的小洋楼拔地而起了。告别低矮与破旧，意味着告别历史；迎接别致与壮丽，意味着走向美好的未来。时光似在五彩缤纷的黄河滩区游走，斑斓闪烁，使滩区变得更加生动，更加妩媚。

黄河滩区在长高，黄河滩区在变美，黄河滩区从原来的小门小户，渐渐开始透出雍容华贵的气质。而为了保持黄河滩区的这份尊严，东明县各级党委、政府呕心沥血，为民所想，为民所爱，锲而不舍地努力着。

事实上，在黄河滩区大规模居民迁建工程启动之前，东明县就广泛征求群众对滩区迁建工作的意见和建议了，这也为工程的顺利实施奠定了基础。

在刚开始的村台占地附着物清理阶段，县里参照省、市标准，结合东明滩区的实际，制定了附着物赔偿标准，由乡村干部和群众代表共同负责附着物清点，并对附着物数量和补偿金额进行张榜公示，因公开、公正、透明，群众参与热情十分高涨。在长兴集乡八号试点村台和焦园乡八号试点村台户型设计时，按照人均建筑面积不超过40平方米的要求，每个试点村台各设计了5种户型，每个户型又设计了两种方案供群众选择，力求群众都能够挑选到自己称心如意的户型，真正做到了"以人为本"。而施工建设期间，各级又严把质量关，有些关键部位，哪怕仅有半厘米的差池，也得重新施工，从头再来。

在焦园乡辛庄村采访时，支部书记李占胜告诉我们，每天他都能收到很多村人发给他的微信消息，每一条消息差不多都与村台上新建的楼房有关。正聊着，他的手机又响了，是一个村民发微信告诉他，村台上的新建楼房有一处砖墙垒得错开了半厘米，按照建筑要求也不算什么，但大家觉得还是不错好，乡里负责村台建设的领导接到报告也毫不含糊，立马让施工方拆掉重垒了。

"这样的事他们都给我汇报，村民们太关心楼房质量了。当然，楼房建得好村民住着就踏实。"李占胜说。

在长兴集乡八号试点村台采访时，也遇到了同样的事。那天气温有些低，却掩不住许多滩区群众对新居的热情。新居还正在建设中，很多人每天都要跑到村台上看楼房的建筑质量，像监工一样监督着施工过程。来自黑岗村的村民唐丽，看着房子地基用的钢筋密密麻麻，能抗 8 级地震，而且是一级防水，心里美滋滋的。见到我们时她伸手做了一个 OK 状，然后又高兴地比画了几个广场舞的动作，那样子很像在为滩区居民迁建工程唱一首赞美之歌。

在长兴集乡燕庄村头的新建村台上，还遇到来看建设进度的村民李洪忠。没等问话，他就滔滔不绝地告诉我们，大家最关心的就是建筑质量。

"好不容易搬到这么好的房子里，万一哪个地方出现了质量问题，心里是不是挺膈应的？即便是再给修理，也不如一开始就不出问题好啊。"李洪忠说。

"你每天都来？"我说。

"差不多，没事就来。"李洪忠说。

"来了就是监督质量？"我说。

"主要还是看看每天的建设进度，亲眼看着自家房子建好，心理上很享受。"李洪忠说。

"到年底搬进新房，还差不多有半年的时间。"我说。

"半年的时间'嗖'地一下就到了，想着这事心里很舒服。"李洪忠说。

黄河滩区的故事一个接一个。

长兴集乡八号村台乡级指挥长告诉我们，几年前附近村子里有个小伙子，在上海打工带回个浙江媳妇。结婚时姑娘母亲首次来到黄河滩区，到处走了走，看了看，心都凉透了。临别时，那母亲对自己的闺女说，嫁到这种地方只能是后悔莫及，反正做娘的今后再也不会来了。姑娘当时就哭了，望着母亲离去的背影，她问小伙子："这地方真的就没希望了吗？"小伙儿摇了摇头，叹出一口气，说："中国这么大，咱还是去别处打工吧。"

后来，随着黄河滩区居民迁建工程的实施，很多村庄开始旧貌换新颜了，这也给了不少人"刺激"。誓言不再踏足这片土地的那位丈母娘，经不住闺女的左说右劝，竟然又一次来到了黄河滩区。她又到处走了走，看了看，还专门跑到村台上一点点检查了闺女女婿新楼房的建筑质量和设计格局，顿时喜上眉梢，拉着闺女说："问问你们村里，能不能也给俺弄一套？俺拿钱，价格高点也行，住在这里空气好不说，还能帮你们看娃呢。"

小伙子见丈母娘态度转变了，高兴地说："俺们的房就是你的房，在这里住到老，俺们给你养老送终。"

这情景禁不住让人想起拴保、银环和银环妈，活脱脱一出现代版的豫剧

《朝阳沟》呢。

　　有位哲人说过，人类对大自然的最后"征服"，不在于力的征服，而在于与自然的和谐相处。这种和谐相处的前提，不是人类的退避，而是以人类认识自然改造自然的能力空前提高为基础的。这一切，正通过黄河滩区的居民迁建实现着。漫步在滩区乡间的小道上，那田那水，那花那草，那人那事，像电影一样在眼前掠过。可能有人心存疑问：这村子，还像村子吗？可是村子，为什么只能像村子呢？为什么就不能像城市呢？仔细想想，美好生活，应该就是这个样子！

21. 凭实力说话

"万里黄河奔腾依旧，千里滩区换了人间。"

东明县黄河滩区居民迁建甫一开始，《大众日报》大型报道的蹲点调研记者就写下了这样的话。

其实，随着黄河滩区居民迁建工程的实施，滩区一个又一个的村庄真的像换了人间。而同时"换了"的，除了滩区群众的精神面貌，还有施工企业的精神面貌。

滩区群众的精神面貌好理解，因为居民迁建，破解了滩区群众的百年安居难，犹如徐徐绘就出一幅壮丽的历史画卷，每一笔都值得见证、值得铭记。如此，黄河滩区群众的精神面貌必然会"换了"。

施工企业的精神面貌，同样也因为滩区居民迁建工程的实施改变了。

这项工程不仅给黄河滩区的群众带来了长久的效益，改变了滩区群众的生产生活条件，同时也给施工企业带来了利益。当然，给施工企业带来的，更重要的一点是责任。

"任何一项伟大的事业都是从行动开始，变革图强更是需要全员锲而不舍的行动。只有行动起来，才会让每一步铿锵有力。"这是一位建筑企业的老总对我说过的话。这位老总很诚恳，他说没有活儿，企业就挣不着钱，企业挣不着钱，员工就下岗，员工一下岗，也就没了饭吃，企业也就没了发展。但是他也坦言，参与东明县黄河滩区居民迁建工程投标的时候，他心里很忐忑，因为他注意了一下，发现涌进来的都是

"中"字头企业，也就是央企进来参与竞争。他知道，这样大量央企参与进来的竞争，可不仅仅是挣钱不挣钱的事了，"责任"二字应该摆在最前面。而面对"责任"二字，一些名头小的企业又怕无力承担。所以，涌进来很多"中"字头企业，使得一些规模小的民营企业望而却步了。

"凭实力说话，这是市场经济的一个重要特点。黄河滩区居民迁建项目的实施，更体现出了这样的原则。"东明县黄河滩区居民迁建指挥部的同志说。

采访期间，我拿到一份2019年5月发布的《东明县黄河滩区居民迁建村台安置工程中标结果》，其中公布了村台安置工程总承包的五个标段的项目中标情况，第一标段中标单位是中建三局集团有限公司，中标价是11.71亿元；第二标段中标单位是北京房建建筑股份有限公司，中标价是12.69亿元；第三标段中标单位是中国电建集团核电工程有限公司，中标价是15.05亿元；第四标段中标单位是中交第四公路工程局有限公司，中标价是14.69亿元；第五标段中标单位是山东诚祥建设集团股份有限公司，中标价是12.62亿元。

据悉，这份中标结果所显示的主要是村台安置工程，而村台建设完成之后，紧接着就是大规模的滩区居民楼房建设。

到东明县黄河滩区采访的第一天，我就遇到了山东诚祥建设集团的项目负责人曹体全和郭庆建。听说我是专门为采访黄河滩区居民迁建工程而来，两个负责人立马感叹说，你得好好采访一下，这样的居民迁建工程可以说是前无古人、后无来者，有些故事特别感人。我问哪些故事感人？他们说仅参与投标中标的施工企业，就和其他一些工程项目不一样。我说怎么不一样？他们说在这样一项工程施工中，中标的基本都是实力强劲的"中"字头企业，我们山东诚祥集团，并没有"中"字头的名号，所以能中标就很荣幸，施工中哪怕是一个很小的细节问题，都得非常重视，非常到位。否则，在这样的一批施工团队中，你表现不好很可能就会被淘汰出局。

"被淘汰意味着什么？意味着你是市场竞争的失败者。"曹体全说。

"更重要的是滩区居民迁建，能够给几十万滩区群众带来福祉，能够使我们党的精准扶贫精准脱贫更具现实意义。"郭庆建说。

两位负责人说得很是激动，我听得也有些热血沸腾。

中交四公局中标承建长兴集乡的一号、五号、九号和十号村台的施工。在十号村台遇到项目负责人时，他根本顾不上坐下来接受采访，只能随走随对我们介绍情况，称黄河滩区居民迁建村台安置工程，是山东省居民迁建工作的基

劲头，都是鼓出来的

础，项目建成后对改变滩区因房致贫现状，促进当地群众增收、脱贫致富，真正实现"挪穷窝、拔穷根"、安居乐业，对推动东明县打赢脱贫攻坚战，同步实现全面小康具有深远意义。因此，他们虽然是"中"字头的企业，却也不敢有半点的懈怠，施工技术人员和工人从一开始进场，就注意抓细节，抓高标准，坚守安全底线，严把工程建设质量关，全面落实工程建设责任制。而且还注意抓好施工组织管理，保持大干的强劲态势，在保质量、保安全前提下保证施工进度。同时，强化沟通协调，及时解决施工中所遇到的难题，促进施工生产稳定，确保项目工程如期竣工。

中建三局一公司和中建三局安装公司，共同承建了焦园乡一号、二号、三号、四号村台的施工，建筑面积71万平方米，涉及安置人员1.8万人。二号、三号村台项目经理洪长亮告诉我们，谁也没想到，东明黄河滩区居民迁建工程遇到了历史上从未有过的新冠疫情，在防疫期间施工必然困难重重，但为了让滩区群众尽快搬进新房，他们坚决克服疫情影响，竭尽全力交出一份群众放心满意的答卷。春节之后，为解决项目复工面临的供应难问题，他们积极协调各方资源，协助机械制造厂家推进复工复产，同时针对钢筋、塑料管、混凝土等前期主要材料，均签订了两家以上不同区域的供应商，降低了材料供应风险。在做好物资保障的同时，项目部还成立了党员突击队、青年突击队，根据进度计划倒排工期，建立每日例会制度，有序推进项目施工。

"一个多月以来，已经完成了圈梁浇筑 315 户、条基浇筑 469 户、道路建设 6700 米、巷道硬化 2266 米、污水管敷设 16900 米。"洪长亮说，施工中他们时刻牢记这是居民迁建工程，施工中随时都要想到"脱贫"这样的词。因此，他们积极与当地政府对接，尽可能地吸纳当地务工人员。目前，项目施工现场已经吸纳了 480 余名来自东明滩区的务工人员，其中来自贫困户的就有 86 名。预计项目后期还将陆续解决当地 1000 余人的就业，并优先吸纳贫困户就业。在焦园乡四号村台务工的汪东生，曾是甘东村的贫困户，他说今年因为受疫情影响，不能像往年一样外出打工，一直在家没活干，几乎断了经济来源，如今实现了就地就近就业，不出远门就能挣钱养家糊口，心里特别高兴。

在焦园乡八号村台，施工单位的现场负责人高勇告诉我们，滩区居民迁建工程不是一般意义上的建筑工程，自上而下十分重视。所以，他们在质量和进度方面抓得比较死，组织施工人员从开槽到钎探，到做垫层，到做条形基础，再到做圈梁、到垒砖，都有充足的专业人员跟进，达到了无缝衔接作业。

焦园乡八号试验村台乡级指挥长郑强胜说，2017 年，山东省委、省政府启动黄河滩区居民迁建重大工程，焦园乡八号试点村台成为黄河滩区居民迁建工作的重要突破口。企业施工自然会遇到一些意想不到的问题，我们作为当地政府部门，就得积极为企业搞好服务，做好提前量，不是在企业需要的时候才做，比如说当初放线的时候，需要济南设计院、省勘察院的专家到现场验线，我们就提前预约设计院、勘察院的专家来这里等着，企业一旦需要，专家立马现场办公，这样既节约了时间，也保证了企业的施工进度。

"这些'中'字头的企业，不愧为建筑行业里的龙头尖兵，施工中不仅保证了质量和进度，还能随时随地与当地政府进行配合，为滩区群众排忧解难。"

东明县黄河滩区居民迁建指挥部规划设计组副组长程志超，对施工企业比较了解，他专门介绍了滩区居民迁建中的中标企业，称他们有活力，有担当，急滩区群众所急，干滩区群众所需。

在中建三局承建的焦园乡施工现场，我们看到党员突击队的旗帜迎风招展，上百台工程车辆来回穿梭。项目负责人告诉我们，从 2020 年 2 月 10 日开始，为全力推进项目复工，公司项目部与东明县协调对接，项目防疫、复工"两手抓"，全力推进建设，安排了专人专车在火车站、汽车站、高速路口迎接工人的到来，并为每一名工人发放口罩和测量体温。短期内，就有 700 余名工人平安返岗。

不久前，东明县组织召开了滩区居民迁建现场观摩推进会，他们盯准时间节点，再发动员令，提振士气，鼓舞斗志，全面推进工程进程。焦园乡一号村台共需建设 1610 户，县里领导和施工企业协调配合，靠前指挥，科学调度，克服时间紧、任务重等不利因素，积极作为，细化目标任务，进一步加快了施工进度。乡级指挥长王海祥告诉我们，每天到村台上围观的附近村民，看着一天天长高的楼房和漂亮的小院，掩不住内心的喜悦。有一位村民，很晚了还在一户小院子里面转来转去，施工人员劝他早点回家，他却说："这里就是俺的家，如此高质量的新家，进来俺就不想走哩。"

写到这里，不由得又想起一个故事。有一个小男孩把蛹捡回了家，想看看它是怎样化蛹成蝶的。过了一些日子，小男孩看见了蛹上面出现了一个小裂缝，里面的蝴蝶在挣扎，好几个小时了还是出不来，身体很明显是被卡住了。小男孩不忍心了，找来一把剪刀，把蛹给剪开，让蝴蝶出来了。然而，出来的蝴蝶翅膀还没有长成，身体还很肥大，根本不能飞起来，不久就死掉了。小男孩不懂得：蝴蝶没有了在蛹里的挣扎，也就没有了长出坚强有力的双翅的机会。黄河"铜头铁尾豆腐腰"的这个"腰"部，是一个多么脆弱的腰啊，千百年来一回回决堤，一回回改道，一次次泛滥，一次次淤积，留下这片满目疮痍的沙土地。如今随着滩区居民迁建工程的实施，终于能够在这片沙土地上"化茧成蝶"了。

安居，富裕，小康，是成功脱贫后的滩区新生活。铭记习近平总书记坚持精准扶贫精准脱贫的方略，落实好山东省委、省政府因地制宜的脱贫指示，显示誓要消灭贫中之贫、困中之困的决心和信心，承载黄河滩区人民热切的期盼和美好的梦想，这是实现黄河滩区居民迁建的一份荣誉和责任。而这种荣誉和责任，在与滩区居民迁建有关的每一个人身上，我们都能感受得到。因此，采访结束返回的路上，我又想起了焦园乡甘东村支部书记朱合起的话。他说最近这些年，村民们大多选择外出打工，收入是提高了，生活也越来越好了，但对于滩区人来说，"上水"一词却始终是心里过不去的一道坎。如今，随着滩区居民迁建工程的实施，祖祖辈辈的苦涩记忆终于能画上一个句号了。

22. 滩区第一, 挣钱第二

我在黄河滩区采访，望着一个又一个如火如荼建设着的村台，常常生发出这样一种感觉：仿佛是一夜之间，滩区一个又一个的穷村庄，就变成梦幻般的"小城镇"了。对了，这样的"小城镇"，应该是世界上最年轻的小城镇。她们未来的样子，会更加漂亮，更加辉煌。

这些"小城镇"，所包含的应该是发展速度，是惠民，是黄河滩区群众的渴望与梦想。

不是吗？在改革开放深入发展的中国，这就是人类文明史上一个前所未有的奇观：一场建设难、范围广、规模大、持续时间并不长的大搬迁。而这样的搬迁，使得无数黄河滩区群众在追寻和创造文明的同时，也领悟和享受着文明。当然，他们更能领悟和接受着党和政府的真心惠民。

"不仅黄河滩区的群众，我们这些施工企业，同样也在接受这文明发展的成果。"

山东科信达集团长兴集乡八号村台项目负责人王沂灿告诉我们，参加黄河滩区居民迁建项目施工以来，他和他的团队感受到的是滩区群众一束束温暖的目光，是滩区领导一只只有力的大手。他们在那些温暖的目光中，握着一只只有力的大手，想的是滩区第一，挣钱第二，甚或赔钱都得干，而且还得干好。

借用王沂灿的话写下这一小节的题目时，我还在想，参加黄河滩区居民迁建工程施工的企业，真的就有如此之境界吗？甚或赔钱都得干好？企业本来就应该是追求利益最大化，为股东创造最多的财富，难道要自己带着干粮来为别人盖房子吗？这可不是企业发展的目的。

看到我目光里带有怀疑的成分，王沂灿笑了，说你不相信？我问什么不相信？他说对企业赔钱也得干好，是不是不相信？他这么一说，我也笑了。我说按照市场经济的要求，企业追求的是什么？是利益，是发展。如果总干赔钱的事，企业怎么实现自己的价值？他接过话，说别忘了，企业还有一个社会价值问题，还有一个责任担当问题。干好黄河滩区居民迁建工程，也是一个企业对国家和社会应有的担当。

采访结束的时候，我在王沂灿办公室的桌子上看到一张当天的《大众日报》，上面登载了一篇消息，称截至 2020 年 4 月底，山东黄河滩区居民迁建工程 247 亿元投资计划全部下达。全省 27 个外迁社区中有 12 个已经搬迁入住，16 个涉迁县区中，惠民县、菏泽牡丹区已全部完成工程建设和群众搬迁任务。99 个旧村台改造提升工程完工了 15 个。473 公里临时撤离道路完工 420 公里，菏泽市 28 个村台安置社区全部开工，其中 4 个主体完工。

读着这条消息，247 亿元这个数字一直在脑子里闪现，我便对王沂灿说："全省黄河滩区居民迁建工程所需的钱已经全部下拨，你们施工企业应该有钱挣了。"

"你真认为俺们施工企业在这项工程中能挣很多钱？"他说。

"难道你们真的会亏损？"我说。

"不一定亏损，但也不一定能挣多少钱。"他说。

"为啥？"我说。

"还是那句话，干这样的民生工程，真的是滩区第一，挣钱第二。"他说。

"解释一下？"我说。

"没什么好解释的，刚才已经说了，企业的社会价值和责任担当，什么时候都不能丢。当然，企业得让职工吃上饭，让企业有发展。但黄河滩区居民迁建这样的工程，事情也明摆着，必须要滩区第一，群众第一，其他都得往后靠。"他说。

据了解，山东科信达集团中标的长兴集乡八号试点村台社区项目，包括居民迁建和公建两部分，居民迁建是指滩区群众要搬迁的一层、二层和三层住宅房，公建是指学校、幼儿园、养老院、社区活动中心和商业场所等。

王沂灿说，他们是 2019 年 8 月 8 日进场的，8 月 28 日住宅楼和配套建筑同步开工，建设进度快、质量优、安全受控，在东明县黄河滩区居民迁建工程质量安全观摩会上，上级还将其作为重点，与各级政府机构和施工单位推广交流经验。

黄河下游滩区既是黄河行洪、滞洪、沉沙的场所，也是区内群众生产生活的基本空间。山东科信达集团承建的居民迁建工程是备受社会各界关注的重大民生工程。为干好这个工期紧、任务重、体量大的项目，集团组织专家进行前期策划，优化方案，把总进度计划详细分解到每一天，并与业主、监理和村民代表一起开展市场调研，公开招标选择实力雄厚、产品质量好、价格合理的材料供应商。

"这样一个大型项目，各方面的要求都很高，因为上百个单体工程同步开工，多工种、多工序交叉作业，这给质量控制带来了极大挑战。"

王沂灿说，他们样板先行、首件验收制和创新交底模式"三管齐下"。每一道工序开始之前，都由技术负责人现场讲解实体样板的工艺流程、施工要点、质量标准、检测检验方法，强化对成品质量标准的直观感受。为此，他们还在作业面设置了施工方案及技术交底二维码，为作业人员对标自检和质检人员对标专检提供了便利。

在安全管理上，王沂灿说他们采取安全互检、交叉检的区域化安全协作模式，建立起了作业班组工前安全隐患排查制度、周例会通报奖惩机制，还编制了各工种、工序安全生产标准化控制卡片，做到人手一卡、人手数卡，直到工人熟悉可做到人手无卡。还有专门安装的塔吊智能监控预警系统，锁住群塔作业危险源，实行一线员工工资收入与安全行为挂钩，强化了隐患排查及风险管控力度。

"长兴集乡八号试点村台是全县黄河滩区25个项目的领头羊，在疫情期间施工难度不断增加，投入加大、费工费时，却依然来不得半点马虎。"县滩建指挥部综合组组长邢罡告诉我们，施工企业十分注重施工方面的环保，注意打造无尘工地。

"坚持绿色施工理念，在工地围挡设置了远程遥控喷淋系统，在施工区域内设置了摄像监控系统，在运输车辆出入口处设置了全自动洗车平台，还配备有多功能清扫车、洒水车，并采用航拍仪对现场物料覆盖、密闭运输和湿法作业进行监控，可谓全方位抑制扬尘。"邢罡说。

"无形中就加大了施工企业的投入。"王沂灿还告诉我们，原来建设的一

新村台建设现场的标示牌

些城市开发项目，利润高，投入相对少，而建设黄河滩区居民迁建工程，随时都得想到滩区群众的利益还有哪些。"很多方面，即便是赔钱，也得把活干好，也得让政府和老百姓放心。"

对此，一直坚守在施工一线的邢罡最有发言权，因为他了解滩区群众，同样也了解施工企业。他说建房，特别是建滩区居民搬迁的房，和其他一些项目不一样，某些方面必须很精准，比如长兴集乡八号和焦园乡八号两个试点村台项目的建设，施工单位不一样，设计单位也不一样，但施工标准都一样，都是8度设防，也就是能够防八级地震。

"说起来很简单，其实这比平时建设开发商业住宅，又高出了一个级别。"

邢罡说，高一个级别意味着什么？意味着投入加大，意味着工时量加大，意味着要求更高。除了长兴集乡八号和焦园乡八号两个试点村台项目，其他22个村台项目差不多都是一揽子工程，哪个企业中标，哪个企业找设计单位，找施工单位，但质量和标准都一样，谁都不能有丝毫的降低。

"话又说回来了，设计和施工标准都有一个上限和下限的问题。"邢罡伸开两只手比画着，很形象地说，"比如具体到某一处墙体或所用钢筋型号，很可能是 0.1 到 0.5 之间都合格，0.1 是下限，0.5 是上限，只要在这个范围内都合格，老百姓不懂啊，到施工现场一查看，发现这一处的钢筋是 0.1，那一处的钢筋是 0.5，相互一比较，马上就会给上级反映说这一处在偷工减料。所以，施工企业在所用原材料招标中就注意到了这一点，尽量按照设计上限标准购买。"

关于这方面的问题，邢罡说县黄河滩区居民迁建指挥部一开始就注意到了，专门建立了一个质量检查组和五个全过程项目管理执行公司，在工程质量方面不讲成本，只讲标准和要求。施工企业同样不讲成本地严把工程质量，不允许任何方面出现问题。比如两墙之间施工时有时不注意灌进砂浆，会致使墙体变形，施工企业都是立即返工，不让工程留下任何瑕疵。

王沂灿还告诉我们，除了工程质量，还有一个建设速度的问题，上级要求2020 年底前让滩区群众搬迁进新房，无论挣钱不挣钱，施工企业都得时刻讲究质量和速度，把党和政府的温暖按时送到滩区群众的心坎上。

的确，这些年"中国速度"已经成为中国发展的代名词。

一丝不苟是滩区迁建最基本的要求

一位滩区群众在拍摄长兴集乡八号村台建设的短视频中激情地说："这样的建设速度，插上翅膀就可以飞起来！

之后，又有附近的滩区群众到村台上查看工程质量和建设速度后，画了一幅漂亮的漫画送了过来。漫画上有两个建筑工人分别骑在两匹骏马上，他们身上长出两个好看的翅膀。

王沂灿说，画漫画的是八号村台附近一个村子里的人，如今他是上海一所大学的在读研究生。那一天，他将自己所画的漫画送给村台上的一个建筑工人后，回到家高兴地喝下了两大杯白酒。然后，他在短视频平台上朗诵了一首《黄河滩区之歌》：

> 滩区啊，滩区
> 曾经如母亲黄河一样
> 奔腾着、咆哮着、怒吼着
> 雄浑地一路轰鸣
>
> 滩区啊，滩区
> 儿女们的血泪汇成的水流
> 去了东方
> 迎接着神圣的黎明
>
> 滩区啊，滩区
> 那些累累伤痕的记忆
> 已经被丢到了很远
> 而天然的财富馈赠
> 就在眼前……
>
> 滩区啊，滩区
> 母亲已将你扮靓
> 古老的黄河堤
> 唱出新时代的歌谣……

23. "彩虹" 的守望

说起"守望"这个词，如果细细地加以品味，似乎带有一种神圣的情结，它融和了信与望，因为相信而盼望，并且坚守着。

不可否认，居民迁建是改变滩区命运的一个壮举，更是一座精神的丰碑，也是一种实实在在的守望。

启动以来，丰碑之光烛照人心，守望精神感天动地。

东明县供电公司，作为滩区迁建这一世纪工程中非核心的行业和部门，却同样不可或缺、殚精竭虑、竭尽所能，守望着这项伟大的工程。

他们整合各方力量组建"彩虹"共产党员服务队，为黄河滩区居民迁建推波助澜，为滩区群众的安居开足马力，克服各种困难，保障了24个村台的吹沙淤填和楼房建设供电，还让"彩虹"跨越黄河，助力于滩区群众幸福乐业。

采访期间，我在长兴集乡八号试点村台遇到杨庄村的一位村民。

这位村民很有意思，他见我先后采访了施工企业的好几位项目经理，便抽了个空子把我拉到一边，问，你是记者吗？你不光应该采访这些盖楼的，还应该去采访一下供电的，村台上的建设让我们有了房子住，而供电的通过一根根钱，让我们增加了收入，也是天天不辞辛苦呢。

"每年收入增多，是不是和有新房子住同等重要？"他说。

"每年收入增加多少？"我说。

"很多。"他说。

"很多是多少？"我说。

"很多就是很多，你能不能去采访吧？"他说。

他的急切让我哑然失笑，怎么也没想到，会出现这样一件意料之外的事。

原来，他是杨庄村党支部书记赵东方。赵东方很实在，他说感觉像受了供电公司的恩惠，很想感谢人家，可又没其他办法，就想让记者写出来，宣传一下供电公司的好。

刚开始，供电公司并不在采访之列，因为黄河滩区居民迁建主要还是各级党委、政府和组织设计单位以及施工单位的事，供电公司只是个"边缘"部门。而采访过后才知道，这样的"边缘"部门，不仅在居民迁建中发挥了大作用，还为滩区群众的"乐业"做出了巨大贡献。

长期以来，农民视土地为命根子。在农民工大量进城务工之前的年代，农民对一分一厘的土地都看得无比珍贵。因为全家老少，都依靠土地的产出而生活。农民常说，人误地一时，地误人一年。

2019年8月26日，东明县供电公司因为农民的"命根子"而"露脸"了。

因为长兴集乡西黑寨、杨庄、罗寨、王高寨等7个行政村的村民代表组团，给东明县供电公司送来一面写有"农人欢颜感谢电力员工，润泽河滩电网凌空飞架"的锦旗。

这事正好被来采访的记者遇到。于是接下来的几天，省市媒体都在重要时段和版面进行了报道。

当时，杨庄村党支部书记赵东方就告诉记者："多亏供电公司给我们架了一条跨黄河的供电线路，才使我们的夏粮一亩地增产三百多斤。以前土地往外承包，一亩地一二百块都没人理，现如今承包费都涨到一千多了，土地产值增值近十倍。"

赵东方口中的供电线路，是2018年底建成投用的跨越黄河的10千伏润农线。

长兴集乡有一座简易的黄河浮桥，西黑寨、杨庄、罗寨、王高寨等7个行政村的村民大多居住在黄河东岸，而黄河西岸的滩涂上，则有村民们耕种的

5.8 万亩土地。因特殊的地理位置，这片田地一直未接通灌溉电源。

黄河滩区居民迁建工程启动之后，几个村的干部专门找到县乡领导，说上级很快让俺们搬新居了，可田地俺们依然得种好，争取年年增收，为国家粮食生产做贡献，但"守着黄河沿，灌溉全靠天，丰收靠下雨，向天来要饭"这样的问题应该尽早解决。

赵东方说起原来的情景依然一脸无奈。

"过去农田由于缺少灌溉，庄稼长势很差，基本都是稀稀拉拉，还不如杂草长得旺。如果遇到连续干旱天，黄河西岸那 5.8 万亩的田地喝不上水，也只能歉收了。之前，村民曾试过用柴油机抽黄河水浇灌，可那样费时费力不说，费用太高，经济上不划算。"赵东方说。

其实，"守着黄河浇地难"给黄河滩区的农田灌溉和发展绿色经济带来极大困难，这也是地方政府和群众长期以来的"心病"。

"供电公司了解这一情况后，积极向上级反映，表示要急滩区群众所急，帮滩区群众所需。"长兴集乡的相关领导也说，"人民电业为人民"不仅是一句口号，更是服务"三农"、为"三农"解难的具体体现。

2018 年，山东省电力公司主要负责人多次深入现场调研，组织有关部门现场办公，制定了跨越黄河 10 千伏线路供电方案，最终确定总投资 1070.26 万元，建设 10 千伏线路总长度 15.21 公里，以彻底解决黄河西岸滩区农业和农村生产用电问题。

"黄河滩区居民迁建是一项惠民的世纪工程，村民要安居，也要致富。在这时候电业部门也得把'边鼓'敲得响。"供电公司领导专门组织成立了党员突击队，要求克服超长跨越、地质复杂、河面强风等不利因素，严格勘查，反复论证，采用"1 + 4"施工方案，应用冲锋舟进行导线展放，解决跨越黄河档距大、施工作业难等问题，最终还选用了大型牵引机，采用"一牵一"张力架线施工，解决了施工中导线舞动难题，确保了工程安全优质高效推进。

2018 年底，这条山东境内单塔最高、塔重最大、跨度最长的 10 千伏线路正式通电，结束了长兴集乡黄河西岸农田无电灌溉的历史。

"通电后的第二年旱情特别严重，放在往年，庄稼差不多都得干死。正是由于供电公司架通了那条供电线路，又给河西的提灌站通了电，轻轻推上闸，黄河水就流到了地里面。结果，2019 年小麦平均每亩增产三百多斤，1.3 万滩区群众得到了实惠。"

赵东方说，供电公司不仅跨越黄河架设 10 千伏供电线路，还全程跟踪，"一条龙"服务到底。种粮大户赵庆雨就是一个享受到了用"电"的实惠很好的例子。

赵东方提到的赵庆雨，今年 66 岁，是东明县的种粮大户，目前在长兴集和菜园集两个乡镇承包了 800 多亩耕地，其中 600 多亩位于黄河西岸的滩区。

"以前我是做生意的，主要销售化肥、农药、种子等农业生产资料。这两年转型专门包地种粮，也算是响应国家号召，为'加快土地流转、保证粮食安全'做点贡献吧。"接受采访时，赵庆雨笑着说。

赵庆雨说，他先在菜园集乡承包了 200 亩耕地，那是一片有机井、能用电浇水的良田，只要管理跟得上，旱涝保收。因而，他发挥规模化、机械化种植的优势，一年下来收益不错。初尝包地种粮的甜头后，他把目光转向了更为广阔的天地。

经过多次实地考察，紧靠黄河岸边的长兴集乡杨庄村的耕地成为赵庆雨的目标。

"那里地多，适合连片耕种，而且价格也便宜，一亩地也就一两百块钱，就是浇水是个大问题。当然，能浇上水也就不是这个价了。"赵庆雨说，杨庄村由 6 个自然村组成，民居主要分布在黄河东岸，但全村 5000 多亩耕地，大部分位于黄河西岸。杨庄村的村民跟黄河滩区多数农民面临着同样的问题：多年来，守着黄河浇不上地！

赵东方说，打井到七八米深，水能用，但水量太小，而且井很快就被淤死。再往下，几十米、上百米的深井都是盐碱水，根本不能用。所以，能用黄河水浇地，是滩区群众梦寐以求的事。而为了浇地，黄河边的村子在地头修了很多水渠，用柴油机从黄河里提水到水渠，再从地头的水渠里抽水浇地。这样提水费用高，功率小，只能保证部分耕地浇水。

2018 年以前，长兴集乡的杨庄、罗寨等 7 个行政村，3580 户村民 11.2 万口人，家在黄河东岸住，5.8 万亩耕地在黄河西岸。浇水问题成为制约滩区农业发展的瓶颈。

刚开始，赵庆雨因为浇水的问题，对包不包杨庄村的耕地还犹豫不决。而跨越黄河的 10 千伏供电线路架通之后，东明县供电公司又在黄河西岸的滩区安装了 4 台共计 1600 千伏安的变压器，把电直接送到了黄河边上的 4 个农业提灌站。

这可把赵庆雨高兴坏了，他立即在河西包下 600 亩土地，有了水就有了赚。

"电是先决条件，架通电才敢来包地，没想到供电公司动作这么快！"赵庆雨说。

"这个工程社会效益远大于经济效益，省、市公司领导非常重视，给予了大力支持和指导，帮助我们为黄河滩区群众办成了这项德政工程、民心工程。"说起这事，东明县供电公司总经理刘连海很谦虚，称只要对滩区群众有利的事，国有企业什么时候都是"干字当头"。

据悉，对于杨庄和其他几个村子来说，电送过黄河，新的商机随之而来。因为有了可靠的农灌保障，不少有头脑的企业和个人看上了黄河西岸那片区域，说那里没有污染，空气又好，是发展高效农业的好地方。目前，黄河西岸那片土地承包价格已由原来的每亩几百块钱，上升到了一千多块钱。

"我们几个村都商量过好几次了，现在浇地方便了，供电服务又到位，明年也准备划出几块地搞高效农业，项目已经考察得差不多了。"赵东方说。如今供电公司的服务很给力，他们的"1＋1"服务团队采用"3456"工作法，线上线下多维度"提供优质快捷高效的供电服务、增值服务，原来的'电老虎'，如今成了'电贴心'"。

第六章
产业的力量

24. 多彩的滩区

对于整个东明县来说，黄河滩区居民迁建是一种责任，也是一种机遇。

安居还需乐业。

滩区居民迁建，并不只是"迁""建"，还得统筹谋划，迁建与发展互为促进，让滩区群众无后顾之忧，让群众看到致富希望，真真切切触摸到新生活。因此，借助国家实施乡村振兴战略和黄河滩区居民迁建工程两大机遇，县里相关部门谋划利用滩区自然条件、风土人情等资源，加快实现滩区兴旺富裕的新目标，圆滩区群众世世代代的安居梦和幸福梦。

有媒体报道时称，东明县坚持安居、富民同步推进。这句话一点也不虚。

在东明县的一份文件上，我们看到了如下文字：

> 黄河滩区有 40 万亩耕地，前期因特殊的地理环境和自然环境，每三五年漫滩一次，黄河水退去后形成新的耕地，是目前平原地区中没有化肥、农药残留的绿色土地，也是生产绿色农产品的最佳区域。得天独厚的土壤优势，为黄河滩区发展绿色农业提供了良好的基础条件。因此，县里坚持安居、富民同步，立足滩区土壤优势条件，超前谋划产业发展。2015 年，就委托山东省农业可持续发展研究所编制了《东明县黄河滩区村台安居工程建设农业产业扶贫发展规划（2016 – 2020 年）》，根据功能区划分与滩区资源禀赋，结合村

台社区布局和滩区现有产业发展实际，在滩区产业发展上计划通过争取上级政策资金扶持、引入工商资本、扶持农民专业经济合作社新型经营主体等方式，提高农产品附加值，提升滩区产业效益，增加滩区群众收入，真正实现滩区群众"搬得出、稳得住、可发展、能致富"……

长兴集乡的一处村台上，亦有这样一幅标语：沸腾的滩区，多彩的滩区，幸福的梦想。

我问省城媒体的记者朋友，什么是多彩的滩区？她很直接地回答，就是产业。

产业？见我有些没反应过来，这位朋友笑了，说搬出老村址，搬上新村台，住上小洋楼，改变的仅仅是居住环境，今后群众的生活来源问题呢？要靠多彩的产业布局来解决。

是啊，产业是个大问题，关系到滩区群众的幸福指数。

为确保"搬得出、稳得住、能致富"，形成可持续发展的长效机制，《山东省黄河滩区居民迁建规划》也提出了土地、财政、金融、产业发展、就业创业、社会保障等一揽子配套政策和措施。

东明县正是沿着这样的路子，让黄河滩区群众一步步实现着"幸福梦"。

采访期间，停步滩区，油菜花开得正艳，滩区的一个又一个村庄，在阳光、蓝天、白云衬托下十分美丽。那一望无际的色彩绚烂多姿，洁白的是梨花，金黄的是油菜花，翠绿的是小麦。大片大片的菜花绘出了简约精美的图案，使人对这片辽阔的滩区充满着遐想。我站立在油菜花丛中，一股春的暖流淙淙涌入心田。

踏青看春色，赏花品其香。

美丽的黄河滩区，伴随居民迁建工程，色彩将更加艳丽。

走出油菜花丛，走到黄河大堤下面，正好遇到东明县水产养殖中心主任马井泉。

马井泉正在黄河滩区进行养殖调研，见我们对滩区产业布局有兴趣，高兴地向我们介绍，东明县结合黄河滩区实际，根据 24 个村台和一个外迁社区的布局，超前谋划产业发展，按照"优质、高效、生态、绿色、安全"现代农业发展的新要求，大力发展农牧结合、农林结合、农游结合、林渔结合、菜渔结合、设施果蔬、立体种养、间作套种等农业模式。为改善黄河滩区产业发展条件，增强滩区产业发展活力，积极推动相关产业项目向黄河滩区布局，东明县投资 1.9 亿元实施了黄河滩区土地整治项目，计划整理土地 10.8 万亩，可新增耕地 4.1 万亩；投资 4000 万元，在焦园、长兴集等乡镇，建设新型日光温室大棚 260 座；投资 500 万元，在长兴集乡新建食用菌拱棚 350 座。

此外，县里还着力打造"一带、一线、三大基地"的绿色产业发展格局。

所谓一带，是指沿堤高效生态特色农业产业带。黄河在东明县境内流长达 76 公里，堤防长度 62 公里，围绕黄河大堤做足、做活发展文章，通过建设沿堤绿色旅游观光长廊、沿堤优质水果长廊、沿堤水产生态养殖长廊，把东明段的黄河大堤打造成生态特色农业产业带。

所谓一线，是把黄河大堤打造成生态休闲旅游精品路线。东明县黄河滩区自然生态环境优美，拥有黄河湿地、黄河森林公园、庄子文化湿地园、长兴薰衣草庄园、老君堂生态村、长兴集湿地等生态旅游资源，为发展生态旅游提供了重要支撑。东明黄河滩区黄河文化底蕴深厚，滩区及沿线有高村合拢碑、高村黄河历史文化长廊、高村险工、霍寨险工、老君堂控导工程等黄河防汛工程，有黄河公路大桥、黄河高速公路大桥、长东黄河铁路大桥等基础工程，尤其是长东黄河铁路大桥为亚洲第一长铁路桥，黄河高速公路大桥为目前在建跨度最大的黄河高速公路大桥。东明黄河滩区历史文化名胜众多，有庄子观、庄子墓、王高寨烈士陵园等历史文化名胜，这些都为发展黄河文化旅游提供了重要载体。立足滩区丰富的旅游资源，按照主题游、日程游、特色游组织设计一批旅游线路，重点打造一条七彩黄河逍遥游线路，将东坝头古今黄河交汇点、国家级东明黄河森林公园、长兴集湿地公园、长兴薰衣草庄园、老君堂民俗村、徐炉村农家乐、黄河越野赛车场、高村黄河水工苑、庄子文化产业园等滩区重要景点，串成具有滩区特色的旅游线路。

而三大基地，则是指富硒作物种植基地、生态循环种养基地、高效设施农业基地。

首先，东明土壤富含微量元素硒，特别是黄河滩区，每千克土壤硒含量达 0.22 毫克，滩区种植的小麦、玉米、花生、大豆等农作物籽粒富集硒的能力比较强，已发展成独具地方特色的富硒产业。目前，黄河滩区是富硒农作物的主要种植区，土壤肥力好，种植面积大，所产小麦、玉米、西瓜、地瓜、大豆、花生等均具有富硒特色。县里规划，2020 年底滩区富硒小麦稳定在 15 万亩，小杂粮生产基地 5 万亩，富硒西瓜基地 5 万亩。其次，黄河滩区养殖历史悠久，鲁西南黄牛、小尾寒羊、青山羊是远近闻名的优良畜种。将以"高产、优质、高效、生态、安全、品牌"为目标，以"规模发展、生态养殖、品质安全"为发展方向，力争2020年底滩区牛羊存栏量达到2万头（只），家禽存栏量达到50万只（羽），发展饲料作物1万亩，建立农产品加工或保鲜基地500亩。再次，充分利用黄河滩区现有的蔬菜种植规模，加快形成日光温室、拱圆大棚和中小拱棚配套的设施蔬菜、食用菌生产体系；大力推广设施蔬菜、设施化食用菌等高效复合模式，以提高产品质量安全水平和种植效益为中心，加强集约投入，实现增长方式由粗放型向集约型转变，由传统种植向设施化方向转变。引导群众以优质蔬菜、食用菌生产为方向，按照"强菜、促菌"的发展思路，以培育提升龙头企业、合作社的带动力和经营水平为核心，大力发展设施蔬菜，加强特色蔬菜良种繁育和推广，积极发展优质特色蔬菜，不断提高规模化生产能力。2020年底，将建成高效设施蔬菜、食用菌大棚1万个，标准化示范园、生产基地达到10处以上。同时，按照"产业兴旺、生态宜居、乡风文明、治理有效、生活富裕"的要求，推进新农村和产业园区共同建设，让滩区群众在家门口就能圆致富梦。

"这样的愿景很实际，这样的愿景很诱人，这样的愿景也很困难！"马井泉主任说，还需要不断努力，还需要奋斗和拼搏。

走在黄河滩区多彩的土地上，领略到的是滩区人在用心血和汗水构筑着自己的愿景。

的确，脱贫不是为了一时"达标过线"，让每一个人永久远离贫穷才是最终目的。

在黄河滩区居民迁建决胜的最后关头，东明县坚持"摘帽不摘责任、摘帽不摘政策、摘帽不摘帮扶、摘帽不摘监管"，保持脱贫攻坚政策稳定，着眼长远，建立防止返贫监测和帮扶机制、积极构建稳定脱贫长效机制。

说起与黄河滩区居民迁建相配套的产业经济，东明县相关部门和相关乡镇的同志，都对黄河滩区的发展充满信心，称脱贫不是终点，而是新生活、新奋斗的一个新起点。因此，必须把群众的意愿与方案相结合，制定符合实际、符合群众意愿的产业规划，努力将黄河滩区打造成具有浓厚黄河风情和集休闲观光于一体的生态宝地、旅游胜地、宜居福地。

马井泉还告诉我们，全县沿黄四个乡镇的24个村台迁建之后，总得有相关产业支撑，不然怎么让群众真正脱贫？但黄河滩区又不能搞工厂，更不能有污染，这样也就有了"一带、一线、三大基地"的实施。说到底，脱贫攻坚产业引领是关键。广阔的黄河滩区，曾给沿黄乡镇的群众带来洪水灾难，但也同样恩惠了世世代代的滩区人。伴随着居民迁建工程走到前台的"一带、一线、三大基地"，正好构筑起了东明滩区脱贫攻坚的效能高地。正如一篇报道中写的：产业引领，金融支撑，保险托底，东明县黄河滩区是扎扎实实的扶贫，是真脱贫。

马井泉还给我们讲了一个关于大米的故事。他说长兴集乡有一位农民进行科学、高效种植，有一天，他所种的一片无公害稻田地里飞来一只很大的白天鹅，他通过短视频平台自行宣传，被一位香港老板看到了。那老板说能有白天鹅的稻田绝对是无公害稻田，便找了过来。后来，他所种植出来的大米每斤竟然卖到了50元。

"同样是种大米，不一样的种法，不一样的管理，就有不一样的收获。"马井泉说。

坐落于东明县西南角的焦园乡，是一个典型的黄河滩区纯农业乡镇。近年来，随着居民迁建工程的实施，乡里按照"产业兴旺、生态宜居、乡风文明、治理有效、生活富裕"的总要求，立足滩区自然生态资源优势，在生态农业上大做文章，发展农村"多元经济"，优化生态环境，大力推进"绿色焦园""幸福焦园""靓丽焦园""和谐焦园"四项工程，在高质量、跨越式发展过程中找准了定位，走出了一条"村美民富"的绿色康庄大道。

"走好搬迁之路仅仅是第一步，今后我们乡镇的干部会继续将力量拧成一股绳，围绕县委、县政府的总体布局，通过发展'四项工程'，依托特色产业，壮大经济基础，把村台社区打造成特色鲜明的美丽幸福村居。"

焦园乡的领导告诉我们，目前的任务是整合滩区土地、资金、劳动力等要素，使全乡"沉睡"的资源活起来、分散的资金聚起来、增收的产业强起来、群众的日子好起来。之后还将发展高效生态农业、旅游等产业，引进适宜种植、养殖的高产值项目，规模化经营；发挥黄河湿地公园的区位优势，借助打造绿色黄河、旅游黄河的契机，建设观光区，带动一二三产业融合发展。使黄河滩区群众由过去的因黄河而受害，变成未来的因黄河而获利、因黄河而致富。

在焦园乡扶贫基地农业生态园，我们看到了大棚内的西红柿藤蔓上缀满红红绿绿的果实，一片生机盎然的景象。在此务工的肖艳霞正忙着摘取熟透的果实，一边摘，她还一边向我们念叨道："你们快来看看，这大棚的果又红又好吃，多好啊！"

肖艳霞是附近王庄的村民，家里的地种着小麦，空闲时在此务工赚钱，她说在这里工作好着呢，既不用外出务工还不耽误照顾家人，还能靠种地增加收入，相当于挣了两份工钱。

在黄河滩区居民迁建中，焦园乡还委托或依托致富带头人开展扶贫产业，其中有三个村子充分利用靠近黄河水资源丰富、滩区内多荒涝洼地的优势，委托曹县建军养殖专业合作社在上千亩的滩区土地上从事观赏鱼养殖。多年来，滩区农民一直认为自己的土地只能种植农作物，不能种植经济作物，更没想过利用靠近黄河的天然优势发展水产养殖产业。

千百年来，黄河多次泛滥，滩区群众颠沛流离，实现滩区"脱贫梦""安居梦""幸福梦"，是世世代代滩区人的夙愿。如今这样的夙愿可谓逢盛世人尤爽，遇佳期花愈妍。

黄河滩区居民迁建的惠风，使得黄河滩区群莺竞飞。在这片古老的土地上，骤然间出现了一座座蓬岛瑶池般的乐土。于是，把滩区视为生命之根的村民们，在这片多彩的土地上开始了多彩的产业舞蹈……

25. 鲈鱼也疯狂

草发花落，周而复始。

很多年来，在东明这片黄河滩区，今日只是昨日的更迭，明朝又是今天的重复。

因为一个"穷"字，百姓望黄河而断颈，禾苗盼甘霖而折腰。多少盼富女成了盼富奶，多少盼富哥成了盼富爷。然而，一代又一代，依然是"穷"字当头。终于，时光流淌到了今天，居民迁建的祥云飘浮到滩区，滩区搬迁"天下第一难"被化解了，特色产业在滩区扎根了。有当地群众写出几句打油诗：搬出"穷窝子"，住上小洋楼，幸福没有头。

"的确，鲈鱼也疯狂！"

这是媒体记者对黄河滩区产业布局的一种形象概括。

这样的概括，从某个角度道出了滩区产业的独到。

刘彦勋，一个普通得不能再普通的年轻人。

如果把一群黑红脸膛的滩区人比作一片挺拔的高粱，刘彦勋就是高粱地里的普通一棵，但他又是黄河滩区极富传奇色彩的人物。因为，滩区的很多村民成了他的员工，他让一尾美国加州鲈鱼很畅快地游进了这片古老的黄河滩区，给滩区群众带来了脱贫致富的好方法。

"其实，我也不是东明本地人，但我很喜欢东明这个地方，特别是这片肥沃的黄河滩区，感觉真是我施展身手的好区域。"接受采访的时候，刘彦勋信心满满地说。

加州鲈鱼，原名大口黑鲈，属鲈形目，太阳鱼科，原产于美国加利福尼亚州密西西比河水系，是一种肉质鲜美、抗病力强、生长迅速、易起捕、适温较广的名贵肉食性鱼类。现通过引种，已广泛分布于美国、加拿大等淡水水域，尤其在五大湖资源十分丰富。自从加州鲈鱼人工繁殖成功之后，繁殖的鱼苗也已被引种到了中国的广州、江苏、浙江、上海、山东等地，而且都取得较好的经济效益。

鲈鱼能在黄河滩区扎下根，并逐渐成为当地的富民产业，还真多亏了这个黑红脸膛的刘彦勋。虽然他不是东明人，却像这尾帮助滩区群众致富的加州鲈鱼一样，喜欢滩区。

之前，县水产服务中心主任马井泉介绍过，说加州鲈鱼养殖产业项目，是县里立足滩区资源、禀赋助力发展的渔业项目，更是县水产服务中心"孵化上马"的扶贫项目。该项目利用大棚养殖鲈鱼，规划将黄河滩区养殖基地打造成继广州、江苏之外的全国加州鲈鱼第三大产区。

马井泉的介绍，激起了我们的兴趣。

很快，我与同行的记者朋友一同走进了位于焦园乡黄河滩区的鲈鱼养殖基地。

"这么多池子啊？竟然还有那么多个棚池，这得养多少鱼啊！"

刚一在基地落脚，朋友便冲着一眼望不到边的鱼池惊呼起来。

"这还算多？今后还得继续发展，计划比这多得多。"陪同采访的焦园乡同志说。

这时候，旁边小屋里走出一个人。陪同采访的同志立马介绍说他就是刘彦勋，加州鲈鱼养殖基地的负责人。不等我们问他加州鲈鱼的养殖情况，他就冲我们笑了笑，说："先进大棚里看看吧。"于是，他带着我们走进了一个温室养殖大棚。

东明县黄河滩区的三月乍暖还寒，室外虽然太阳很好，体感上并不觉得多冷，但小北风吹过来，还是让人不住地打寒战。而进到温室大棚里，却有一股热气夹杂着淡淡的鱼腥味扑面而来。我们跟随着刘彦勋，在一个个 25 平方米的养殖池塘里，看到微孔增氧系统正"呼呼"冒着泡，黑色的鲈鱼小苗游来游去，争着吃食，那情景宛如一幅美丽的水墨画。

外面，风吹得大棚上的塑料布"哗哗"作响；棚内，温暖如春。不大一会儿，几个人身上都出了汗，记者朋友笑着说："鱼的待遇还挺高啊！"

刘彦勋接过话："那当然，怎样待鱼，鱼就怎样回报我们。"

记者朋友点点头："一个池塘有多少鱼苗？"

刘彦勋卖了一个关子："猜一猜？"

我望着池塘，想了想："起码上万尾！"

刘彦勋笑了笑说："太不敢猜了，上万尾俺得赔掉了腚，一个池塘最少也得八万尾。"

"哇！"

我和记者朋友被惊着了，这么一个池塘，要养殖八万尾加州鲈鱼。想象一下，等每条鲈鱼长到二斤重，这个池塘里会是怎样的一种情景？

"那时候，绝对是'人仰马翻'的，热闹着呢。"

刘彦勋像是看出了我们的心思，一边说着，一边介绍起养殖加州鲈鱼。

"这种加州鲈鱼具有个体大、生长快、适应性强的特点，全国市场需求量非常大。"刘彦勋说，"这样的养殖方式采取的是错峰养殖，在每年的六月份到十月份期间上市，避开冬天与南方的鲈鱼在市场上产生竞争。现在在广州，鲈鱼价格每斤是 13 元左右。而我们所养殖的鲈鱼是在夏天上市，议价空间比较大，利润也比较高，每斤至少能卖到 22 元，估计今年夏天的价格能达到 28 元以上。这样的话，我们这个 1200 亩的养殖基地，亩均年效益至少也能达到 1.5 万元。"

刘彦勋告诉我们，他原是河南舜阳农业科技有限公司的养鱼专业户。2019 年 6 月，他到焦园乡考察，一下子就喜欢上了黄河滩区的这块"风水宝地"。他说没想到的是，滩区水资源这么优质，方圆二十公里没有任何工业企业。经过化验，这里的水质、土壤，特别适合养殖鲈鱼。于是，他决定在这里投资建立养殖基地。

"比如我们租用的这片土地，是后黄集村、张营村和于楼村的，三个村子有 1200 多亩，都是未利用的滩区低洼地。"刘彦勋说着，又兴奋地补充道，"像这样的土地东明县有 12 万亩，下一步我们肯定还会继续扩大养殖面积。"

"创办养殖基地，最主要的还是当地政府的支持。"刘彦勋说，刚一来到焦园乡，政府的服务就特别暖心，无论是办理立项手续、养殖证，还是进行环评备案，县水产养殖服务中心和乡政府，专门抽出工作人员协助办理。

"基地需要更换变压器，提出需求后，没几天就给更换了新的。就目前的情况看，我们既然是来做鲈鱼养殖，专下心来好好干就是了，遇到什么问题，当地政府立马就能帮助解决。"刘彦勋说。

"遇到的问题多吗？"我说。

"多，大的小的都有。"刘彦勋说。

"举个例子？"我说。

"比如用电，政府帮着我们协调，每度电五毛四分钱，比较便宜。"刘彦勋说。

对于鲈鱼养殖基地的具体情况，刘彦勋说从 2019 年 7 月开始建设，到 2021 年，分三期建成。目前，一期已经投资 5600 万元，完成标准化池塘 70 个，温室养殖大棚 40 多个，面积 12000 亩，开挖进、排水渠道 3000 米。整个项目建成后，将成为继广州、江苏之后的全国加州鲈鱼第三大产区。

焦园乡相关领导也告诉我们，以前黄河滩区群众所养殖的大多是鲤鱼、鲢鱼等品种，由于缺少特色，市场饱和，养殖户多数都亏钱。引进加州鲈鱼产业后，刘彦勋安排了很多滩区群众来基地务工，让群众边务工边学习，学好技术后可参与到整个鲈鱼养殖的队伍中来。

据刘彦勋介绍，下一步他们不仅通过池塘和温室大棚养殖，还要结合稻田扩大鲈鱼养殖面积和产量。

"比如十亩稻田，八亩种水稻，两亩是温室大棚，室内和室外的水相连着，稻田里的水经过过滤进到大棚里，养鱼还省了很多事。这样的方式可以让村里的群众自己养，我们基地提供鱼苗，然后再回收群众的成品鱼。其实，就是我们投资，群众自己管理，工资加分红，一种新型的包干方式。现在滩区群众在这里边打工边学习养殖技术，学成之后就能自己独立养殖，这样也就给周边群众创造了更多的就业致富机会。"

刘彦勋还说，现在他们养殖基地有四个技术人员，都是河南农业大学水产养殖专业毕业的本科生，他们专门负责 50 多名打工群众的技术培训，时间长了自然会有一大批当地群众成为养殖鲈鱼的行家里手。

"现在在基地打工的周边群众，每人每天工资是 80 到 120 元，今后随着基地的规模扩大和效益提高，他们的收入会越来越高。"刘彦勋说。

刘彦勋对产业落地发展充满信心，他说下一步要把养殖基地发展成为集垂钓、餐饮、休闲娱乐于一体的生态休闲渔业项目。现在项目全部建成后，每年可繁殖加州大口鲈鱼 10 亿尾，夏花鲈鱼 5000 万尾，大规格商品鱼种 500 万斤，年产值可达到1.25亿元，实现利润4000多万元。

这里加州鲈鱼养殖基地发展快马加鞭，不远处的焦园乡八号试点村台建设紧锣密鼓。

在鲈鱼养殖基地打工的于楼村村民魏建设，指着八号村台上已经封顶的楼房说："俺们很快就要搬迁了，住的是小洋楼，养殖的是鲈鱼，收入的是真金白银，今后黄河滩区百姓的日子会越过越滋润。往前几十年，那是做梦都不敢想的事啊！"

后黄集村65岁的村民焦纪国，也一直在鲈鱼基地打工，他说在这里干活的都是附近的村民，有了这个鲈鱼养殖基地，村子里的很多人就不用去外地打工了。搬迁之后，房子解决了，工作也解决了，收入更稳定了。他说以前在外面打工跟着别人干建筑，一年下来也就剩个两万多，现在在鲈鱼基地打工，一年轻松收入三四万，而且离家近，走路也就五六分钟的时间，所以吃住都在家里，这样花费少了，一年收入结余能实现翻番。

还有与焦纪国一同来鲈鱼基地打工的焦向明，同样年过60岁，原来在上海和成都打工干过板材加工，一个月两三千元的收入。如今年龄大了，不想出去了，三个儿子都成了家，他说孩子们也都不容易，平时不想给孩子们添负担，再怎么也不如自己有收入好。所以去年以来就在鲈鱼基地打工，想一直干下去，估计干个十年八年身体还不成问题。

"多亏了滩区居民迁建，有了好政策，有了家门口的好工作，还住上了小洋房。没想到一下子就掉进福窝里了呢。"焦向明说。

焦向明说，原来黄河滩区的男孩子娶媳妇太费劲，一般结婚要拿十八万八的彩礼，有的甚至超过二十万，而且即使这样滩外的姑娘也不愿意嫁进滩里来，滩里的姑娘也纷纷往滩外嫁。所以滩区每个村子都有很多老光棍和新光棍，现在眼见着小洋楼住上了，家门口还有了打工的地方，经济条件好了，生活方式变了，大家都高兴着哩，估计老光棍和新光棍都能慢慢变成"不光棍了"。

加州鲈鱼"游进"黄河滩，改变着太多人。

焦园乡的相关领导告诉我们，这仅仅是滩区居民迁建的一个缩影，安居更要乐业，搬上新村台，住进小洋楼，安下了心，幸福了身，这才是黄河滩区居民迁建的根本目的。

据了解，在"安下心"和"幸福身"这方面，东明县早在2017年就已经

东明黄河滩区鲈鱼养殖基地负责人刘彦勋

提前筹划、整体布局。一个村台是一个社区，每个社区附近都规划建设了各种各样的产业园，如虎杖产业园、豆丹产业园等，还有服装加工和各种富有地方特色的手工艺制作社，有的早已建成投产，从业者越来越多。滩区群众离真正实现"安居"和"乐业"越来越近了。

26. 美丽的虎杖

　　绿色是生命色，绿色是健康色，绿色有着特别的感染力。

　　暮春，一阵微风扫过，万物葱郁，美丽妖娆。

　　整个黄河滩区，辽阔空旷，钟灵秀毓，仿佛是远古的神话世界。

　　像是顷刻之间，滩区受了大自然某种伟大的启示，与美拥抱了。连绵逶迤的黄河滩区，生长出一种代表着富裕与美好的东西：虎杖。

　　于是，这美呼唤着人们。

　　人们情真真意切切地迎着春风，带着微笑来到这里。

　　这里是哪里？

　　这里是长兴集乡万亩虎杖产业园。

　　附近成百上千的滩区群众来到这里，用平凡的劳动日日月月为自己创造着富裕，为自然界创造着绿色之美。他们带着对富裕的渴求，带着对美好的追寻，在这片葱郁灵秀之地上奋力地创造着。

　　呵，虎杖！那招摇葱郁的万亩虎杖！

　　整个黄河滩区的村民们，似乎都被虎杖这样的美丽姿态惊着了。

　　"种虎杖真的能发财？"有人问。

　　"当然，人家已经种过好几年了。"有人答。

　　"占咱的土地，给咱钱？"有人问。

　　"当然，每年都给，人家是租用咱的土地，不是占咱的土地。"有人答。

于是，美丽的虎杖，以她独特的美好姿态，让黄河滩区的群众喜爱上了。古老的黄河滩区，也由此吹进了一股万众致富的清新之风。

虎杖，中药名，为蓼科植物虎杖（Polygonum cuspidatum Sieb. et Zucc.）的干燥根茎。春、秋二季采挖，除去须根，洗净，趁鲜切短段或厚片，晒干。虎杖分布于我国西北、华东、华中、华南以及西南等地。中药具有利湿退黄，清热解毒，散瘀止痛，止咳化痰的功效。用于湿热黄疸，淋浊，带下，风湿痹痛，痈肿疮毒，水火烫伤，经闭，症瘕，跌打损伤，肺热咳嗽……

虎杖种植，引发了黄河滩区对于富裕的共鸣。

综观东明县黄河滩区居民迁建中发展起来的各种特色产业，都离不开的就是绿色环保。

按照"优质、高效、生态、绿色、安全"现代农业发展的要求，东明县结合 24 个村台社区的布局，大力实施滩区乡村脱贫振兴计划，着力打造绿色产业发展格局。而坐落于长兴集乡的万亩虎杖产业园，又是东明县黄河滩区特色产业的一个典型代表。

我是一个中药中医盲，采访前根本不知道虎杖为何物，甚至都没听说过虎杖这味中药材，去万亩虎杖产业园的头一天晚上，专门恶补了一番，才对虎杖略知一二。

其实，从 2016 年开始，东明县小井镇的陈里屯村的白蜡林中，一片郁郁葱葱的绿色虎杖就在人们的期待中，在林间空地上茁壮地生长着了。看上去，那嫩绿的手掌大小的叶子，在枝干的支撑下呈现出无限生机，高的已经长到了1.5 米多，小的也差不多有 80 厘米高。

"当时，东明县的格鲁斯生物科技有限公司，先期在小井镇的陈里屯村建立了虎杖种植基地。那里的种植面积不算太大，但种植效果却很好。后来，黄河滩区居民迁建开始了，县里和乡里想到了群众的安居和乐业，才有了发展万亩虎杖产业园的规划。"

曾经采访过格鲁斯公司的王恩标告诉我们，应该好好写一写虎杖基地。这样的特色产业很独到，整个北方都很少见，即便是有，也没东明县这样的发展态势和发展规模。

"黄河滩区虎杖基地的发展，是因为一个叫车发展的人。"王恩标说，这个人很有商业头脑，也很有故乡情怀，他为黄河滩区群众的安居乐业带来了福音。

早些年，车发展在上海做外贸生意，十几年前的一个偶然机会，他了解到白藜芦醇在国外有很大的需求。经过到国外实地考察，他决定自己建设生产线，从虎杖中提取白藜芦醇，然后出口。2009年，车发展便毅然回到东明老家注册成立了格鲁斯公司，并筹集资金建设厂房。第二年，生产线正式投产。

公司发展的前几年，格鲁斯公司所用的虎杖，都是从云南、贵州、四川等地收购的野生品种。从南方收购原料，一个是运输成本较高，另一个是近几年野生资源在减少，收购质量参差不齐，收购成本也在逐渐增高。于是，车发展想到了在家乡种植虎杖。

2013年，格鲁斯公司开始在东明县长兴集乡建设基地进行试种。经过三年的摸索，车发展种出来的虎杖经过化验，白藜芦醇含量与野生的几乎没有区别，而且虎杖种植和管理也较为简单，只要浇水和除草跟上就没有问题。

在种植期间，虎杖基地每天都至少有200名附近的村民在这里务工。在发展自己的同时，格鲁斯公司还与小井镇、长兴集乡等达成了脱贫帮扶协议，为东明县的整个黄河滩区居民脱贫做出了积极贡献。

"之前，省内没有成规模种植虎杖的，他们算是第一家。"王恩标说。

据了解，虎杖又叫穿地龙、酸筒杆，根可以入药，是传统的中药材。野生虎杖在我国多地都有分布，以西南地区最多。近年来，因虎杖中白藜芦醇含量较高，格外受到国内外的关注。

"白藜芦醇因为具有保健功效，在国外市场需求量很大，被广泛应用在食品、医药、保健品、化妆品等领域。如今人们的生活方式在发生变化，大家都很注重绿色环保，更注重健康养生，所以虎杖种植产业迎来了很好的发展机遇。"

长兴集乡万亩虎杖产业基地负责人王文全告诉我们，目前这个园区共种植虎杖6000多亩，今年秋后能发展到一万亩，整个东明县虎杖种植可能得发展到几万亩。

王文全说，生长两到三年的虎杖亩产能达到4000斤，市场收购价格每斤是三块钱左右。而且刨虎杖也不像刨山药或红薯那样费工，只需用拖拉机把地翻一下，虎杖根就很容易地翻出来了。第二年也不必再特意种，残留在地里的虎杖根须就可以继续生长。

不能不说，在中华人民共和国960多万平方公里的版图上，东明县，曾以贫穷标志着自己的存在，而如今的虎杖种植产业让东明县放射出了分外耀目的

小小的虎杖，预示着滩区特色农业的发展方向

光彩。这无疑是黄河滩区人的骄傲。

虎杖，为黄河滩区打开了一扇富裕的窗，吸引着国内外四面八方的客商。

假如有一天，东明人民选择自己的"市花"，会不会是独具魅力的虎杖？

让我们感谢那些在黄河滩区开创了虎杖种植产业的人们吧。比如车发展，比如王文全，比如日夜为黄河滩区虎杖种植产业呕心沥血的东明的干部群众。

王恩标还告诉我们，从 2017 年开始，格鲁斯公司在东明大面积发展虎杖种植，到 2018 年年底，公司种植基地就已经达到了 5000 多亩，同时带动起了农户种植 1000 多亩，预计到 2020 年底，将带动当地农户发展到几万亩。

王文全说，一吨晒干的虎杖，可以提取 1 公斤白藜芦醇。

一吨含量为 50% 的白藜芦醇产品，在国际市场上的价格可达 60 万元。

目前，格鲁斯公司的白藜芦醇产品年产量已经达到 300 吨。他们有两条生产线，一条线能提纯加工三万亩的虎杖，两条线就是六万亩。虎杖的加工需要经过粉碎、发酵、提取、提纯等多道工序，最后剩下的是残渣，残渣又是很好的有机肥料。而且除了虎杖根可以提纯可以入药，虎杖的嫩芽、嫩茎、嫩叶都可以食用。

"还能作为花卉品来卖，种在花盆里，做成盆景。长出来的叶子能凉拌或炒着吃，酸酸的，甜甜的，味道奇好。叶子还能泡水喝。"

王文全介绍，他们的虎杖基地每天来打工的差不多有二三百人，都是附近滩区的村民，最多的时候能达到 500 多人，每人每天的收入是 100 元到 120 元。

大片的虎杖种植，大量的用人，为居民迁建之后的黄河滩区提供了很多就业岗位。

于是，望着长势旺盛的大片虎杖，很多滩区人感到了一种从未有过的富有。他们从葱葱郁郁的虎杖园区里，分明看到了金色希望。一棵一棵的虎杖苗，已经为滩区人勾画出一幅幅美妙的生活蓝图。

在滩区人辛勤的汗水里，在滩区人满足的目光中，虎杖美好，收入可观。于是，滩区人激动了，有人笑说差点儿为这种伟大的创举喊一声"万岁!"——这毕竟是黄河滩区从未有过的事情，这毕竟为滩区人带来了真金白银。

"现在这个季节是每人每天 120 元，每天干完活就结账，今天上午就为几十个打工者支出了 5 万多元。他们的主要工作是给虎杖苗子浇水。"

王文全这样说着，将来自附近毛庄村的于素珍和秦素英两个中年妇女领到了我们面前。

"她们给虎杖基地接连浇了五天五夜的水，算起来每天每人收入是 200 元左右，两个人今天一共领到了 4990 元。"王文全说。

"俺们真的高兴。像俺这个年龄的女人，到外面打工连活都找不到，如今在家门口就能打工挣钱，要是没有黄河滩区居民迁建工程的实施，这样的事想都不敢想啊!"

于素珍手里拿着刚刚领到的 2400 多元钱，掩不住内心的激动，满脸笑成了一朵花。

"在这里打工，家里的事不耽误，还没有其他花费，知足着呢。"秦素英说。

是啊，从耕耘小麦、玉米、稻谷到耕耘虎杖，从纯农业作物到这种高经济作物的跨越，完成了黄河滩区的父老乡亲们不曾想过的创造，也埋葬了黄河滩区拼命挣扎的日子。我望着于素珍手里拿着的那一叠崭新的百元大钞，心里迅速闪出了一个大大的问号：黄河滩区人的富裕之路为什么会如此漫长？而且奇妙的是，虽然经过了从贫穷到富裕的华丽转身，滩区的生产方式居然还保留着它的原始模样：摆弄土地。

但是，今天摆弄土地和原来摆弄土地已经有着本质的区别了。人们也从中真正意识到了，经济要变革，思想也要变革。

过去，一提起东明，人们便非常自然地想到东明特产：香肚、郭家糕点、臧家卤猪肉、小井咸鸭蛋、东明集烧鸡等。现在，人们想到东明名吃的同时，又想到了东明黄河滩区的虎杖。

"虎杖同样能够提高东明的知名度和文明度。"王文全说。

虎杖，期待着被更多的人去认识。

2019 年 11 月 23 日下午，东明县专门召开了一次虎杖产业发展规划座谈会，国家农业农村部的专家团队应邀从北京来到这里。县委、县政府领导向与会专家介绍了东明县近年虎杖产业种植规模及发展变化。县领导激动地告诉来自首都北京的专家们，虎杖是传统的中药材，不仅根部可以入药，其嫩芽、嫩茎都可以食用，具有良好的发展前景。近年来，东明县根据水源充沛、土质半沙半淤的黄河滩区地域特点，开始大量种植虎杖。目前，在长兴集乡虎杖已种植了 6000 多亩，规划种植面积达几万亩。虎杖成熟后经由东明县格鲁斯生物科技有限公司统一回收，再进行白藜芦醇提取，销往国际市场。

"虎杖种植日常管理简单高效，大规模的种植切实带动了黄河滩区群众的就近就地就业，为黄河滩区的脱贫攻坚工作做出了积极贡献。"县领导介绍着，与会专家们连连惊叹。他们想象不到，偏僻的黄河滩区，竟然有如此之创举。会上，专家们充分肯定了东明县黄河滩区虎杖产业的发展前景，认为东明非常适宜大规模推广虎杖种植，希望紧紧抓住这一优势产业，加大推广普及力度，特别是在黄河滩区，切实将群众手中的土地效益最大化，确保滩区群众可发展、能致富。

那一望无际的黄河滩区，蕴满葱葱郁郁的绿色。那一望无际的绿色，并不是只值得叙说一次的故事。

27. 豆丹是什么

我从未觉得自己如此孤陋寡闻。

当县委宣传部王恩标主任说去采访豆丹养殖基地时，我一下子又疑惑了。

"豆丹？豆丹是什么？"我说。

"没见过？"王恩标说。

"不仅没见过，都没听说过。"

"一说你就知道，只是对这个名字陌生罢了。"

"还叫什么？"

"豆虫！知道吗？"

"豆虫当然知道，只是怎么又叫豆丹呢？"

"学名呗。"

"豆虫也要养？还基地？"

"当然，经济效益奇大，而且销路甚广。"

于是，跟随王恩标，我们去了长兴集乡的豆丹养殖基地，让小小的豆虫开了一次眼。

路上，王恩标主任告诉我，别看这个豆丹养殖基地不算太大，却也是一种创举。"某种程度上说，一点儿也不比虎杖种植基地差，就是所用人员没有种植虎杖多。但如果这样慢慢发展下去，同样是一个颇具特色的养殖产业。"

从东明县城到豆丹养殖基地，差不多一个小时的路程。

一路走着，一路听王恩标介绍着，一种简单的感性认识，引发了我对"豆虫"的思考。

如今，世界一直在变化，快速地变化。世上的人，无论乐间不乐意，都要跟着这世界一起变化。

豆丹养殖基地的创办者刘兴昌，自然是一个顺应了变化的人。

刘兴昌把劳动寓于乐趣之中。

豆丹这么一个小虫，竟然被他拿来作为黄河滩区致富的手段，而且吸引了滩区越来越多的人参与进来，使得大范围养殖活动愈加广泛、深入、持久。而其养殖严格的程度简直有点儿"奥林匹克"的味道。

豆丹是豆天蛾的幼虫，以吃大豆叶子、洋槐树的叶子为生，是天然无毒、无公害状态生长的昆虫，其体形优美，与蚕相似。以山东大部分地区以及苏北地区尤为多见，成熟之后会钻入地下蛰伏，待来年羽化成虫。

豆丹虽然是大豆的天敌，但其肉浆却无毒无害，是一种极佳的天然高蛋白食物，风味异常鲜美，令人食之难忘，并对治疗胃寒疾病和营养不良有特殊疗效。

豆丹成虫时，长约五厘米，嫩绿色，头部色较深，尾部有尾角。从腹部第一节起，两侧有七对白色线。它危害豆叶，啃成孔洞，严重时植株尽成光秆，不能结荚。中央电视台《科技博览》《致富经》等节目，曾多次对豆丹做过专题报道。

其实，我很小的时候就对豆虫（也就是豆丹）有过深刻的了解。

那时候，豆虫在农村很常见，豆子地里或豆角秧上有很多这样的虫子。记得邻家弟弟总是喜欢找个大罐头瓶子，捡一条豆虫放在里面。而对我来说，不知道为何，却非常害怕豆虫，别说去捡那虫子，就是看一眼身上都霎时能起一层鸡皮疙瘩。一次去地里摘豆角，看见一对长在一块的豆角很大很长，心里喜欢就连同叶子一块摘了下来，不经意地一翻，突然吓得浑身直哆嗦。原来，豆角叶子背面趴了两只大豆虫。可把我给吓坏了，很长时间心里都有阴影。

不仅仅是我，很多小伙伴见到豆虫也都退避三舍。

我的老家曾大范围种植大豆，而大豆地正是豆虫繁殖的主战场。初中时的一个女同学，看到豆虫就像看到强盗，怕得要死。一次，学校组织去一村庄帮助劳动，一个调皮的男生偷着将一条豆虫放进了女生衣兜里，又故意提醒女生兜里是不是有东西？这女生不经意地伸手一摸兜，立时吓得瘫在地上，口吐白沫，晕厥过去一般。之后的很长时间里，那位女生都是"谈虫色变"，以至于几年前遇到她说起这事，她似乎还心有余悸。

不知道从什么时候开始，豆虫突然成了一种美味，深受城里人的喜爱。

一位媒体朋友告诉我，不久前她在郑州一农贸市场碰到过卖豆虫的，价格高得吓人，每斤150元。

　　"150元一斤价格不算高，最贵时每斤能卖到四五百元。"刘兴昌说。

　　"这么贵?"我说。

　　"也有便宜的时候，差不多六七十块钱一斤。价格得看季节，也得看品种。"刘兴昌说。

　　今年36岁的刘兴昌，是黄河滩生态农业有限公司的经理。前些年一直在海南打工，后来听说豆丹市场行情很好，就毅然回到村里承包了200多亩土地，建起了200多个大棚，专门进行豆丹养殖。

　　刘兴昌说他这个基地不算大，2017年才开始建设，也就200多亩地的面积，主要是在大棚里种大豆养殖豆丹。

　　"今年刚刚投资了300多万元，每年可以养殖两茬，而且专门从烟台请来了技术人员。豆丹这东西说娇贵也娇贵，得像养蚕一样精心侍弄；说泼辣它也挺泼辣的，只要掌握了养殖技术，一般情况下不会有什么大问题。"刘兴昌说。

　　"养豆丹是怎样一个程序?"我说。

　　"大棚里先种大豆，豆苗长起来再放豆丹进行养殖。"

　　"豆丹虫苗哪里来?"

　　"自己育种。先养蛾子，蛾子产卵后，再养出小虫苗。"

　　"开始那么小的卵，怎么往豆秧上放?"

　　"投卵时放进一小袋里，用钉书钉钉到豆秧叶子上，过几天小虫就出来了。"

　　"像绣花一样小心?"

　　"当然。不能用转基因的大豆养豆秧，那样幼虫吃了就死，还不能打药，虫子小时稍不注意就被其他虫子吃掉了，得想办法保护它。"

　　"每棵豆秧放多少虫卵?"

　　"一平方米的面积投30个虫卵，多了不行，少了又浪费。"

　　"养殖成虫后，怎么销售?"

　　"都是外地来预定的，主要销往江苏、安徽、河南、上海和济南、青岛等地，目前看销路不愁，都是成虫后人家来专车拉，拉回去还得是活的。"

　　"你这个基地每天有多少人打工?"我说。

　　"少时四五十个，多时200多，都是附近的村民，每人每天80到100块钱，干一天结一天，比较利索。"刘兴昌说。

采访中，在大棚里遇到了打工者吕月英，她说她和刘兴昌都是竹林新村没搬迁时的刘乡村人，她差不多每天都在养殖大棚里工作。她手里拿着一个小包，里面装着的是豆丹虫卵。她说豆丹养殖基地在用工上，首先考虑的是村里的贫困户，优先安排贫困户家庭人员来干活，每天至少都有 80 元的收入。

"在这里打工很方便，下班后就骑着电动车去学校接孩子，公私两不误。"

吕月英说自己有两个孩子，周末的时候儿子还要去学习武术。原来她家是村里的贫困户，通过和丈夫一起打工，加上耕种自己家的十几亩土地，每个人每个月的平均收入都在 3000 元以上，所以如今已经脱贫了。

刘兴昌说搬到竹林新村后，就一直想干点事，只要想干事那就得勤操心，不操心什么事也干不成。黄河滩区居民迁建给年轻人创造了机遇，比较起来人工费用也不是太高，而且政府还给了很好的政策，所以抓住机遇就能很好地施展自己。

刘兴昌说，养殖豆丹不是仅仅待在基地就行，还得不停地往外跑，跑市场，跑客户，跑技术，一切都是快节奏。

"人就是这样，你不疯跑就会掉队，掉了队想撵都撵不上。所以，得踏着时代的节拍，闯出一条属于自己路。"刘兴昌说。

知识是人类的共同财富，这是最简单不过的道理，但知识也是靠具体的人去掌握才能发挥其作用。刘兴昌说，既然是创业，就得向人家懂技术的人学习技术，花钱买人家的知识。

养殖豆丹之初，面对那么大的资金投入，有人说花这么多钱养个豆虫，值得吗？而且技术人员来一次就付给人家几千几万的。不就是随便指导一下，吃顿饭不就行了，还要付钱？

刘兴昌说还是观念的问题。看一场马戏表演，是不是觉得花钱买票是理所当然的？那从有科学技术的人那里获取一种技术，需要付出一点代价，是不是同样理所当然？岂不知，人家的技术也是当初读书苦读学到的，而且当初人家上学读书，也是要交纳学费的。

技术，绿色的希望！

后来，刘兴昌的豆丹养殖成了规模，收入一天天增多。人们明白了，年轻人的闯劲靠的不仅仅是胆量，还有与时俱进的观念和智慧的大脑。

在豆丹养殖大棚里，我看到种植的豆苗长势旺盛，而伏在豆苗上的小小豆

东明黄河滩生态农业有限公司负责人刘兴昌（右）介绍豆丹养殖情况

丹，正在猛劲地吃着。只是，我看了半天也没发现多少豆丹。

"怎么这么少啊？"我瞪着眼睛望，却还是只找到几只豆丹。

"还有点小，所以你看不到。"刘兴昌说。

"这么小的豆丹看到了也不害怕，如果长大了，说不定我还是会害怕。"我说。

"没什么好怕的，想着绿绿的豆丹能够带来丰厚的收入，也就不害怕了。"刘兴昌说。

刘兴昌说，豆丹吃食的窸窣声特别美妙。我听了半天也没听到，他说他听到了，是用心听到的。每时每刻，他都能听到自己所养的豆丹在"歌唱"。

"养豆丹的人随时都能听到它们的声音，那声音虽然小得可怜，却是世界上最美妙的歌声。"刘兴昌说。

尽管如此喜爱自己养殖的豆丹，刘兴昌还是说城里人越来越注重养生，吃起东西来，也是让人看不懂了。咱们农村人早年用来喂鸡的豆虫，如今在饭店里竟然是一盘特色菜，一般六七十块钱一份。因为它是高蛋白、低脂肪，比肉类、鱼类、植物蛋白更适合人体需要。

"反正，在'吃货'们的眼里，这是一种美味。"刘兴昌说。

刘兴昌说竹林新村是东明县黄河滩区搬迁第一村，如今又成了全国最大的豆丹养殖基地。前几年，村里在驻村第一书记带领下，利用丰富而纯净的土地资源，流转土地1500余亩，为发展豆丹养殖创造了很好的条件。

"当时，豆丹价格还不算太高，但亩产能达到150斤，按当时的价格每斤100元到150元算，收益也非常可观，而且市场供不应求。"刘兴昌说。

在豆丹基地打工的村民苟维玥告诉我们，以前地里生了豆虫，打药都打不死，现在养好豆虫还真不容易。不过，黄河滩区土质半沙半淤，保湿性强，加之雨水充沛，日照时间长，非常适合种植大豆。

"大豆长好了，豆丹才能养好了"。

刘兴昌还告诉我们，种好大豆只是整个养殖过程中的一环，科学放养才是提高豆丹产量的秘诀。

"将大棚里收集来待孵化的豆虫卵，按照每亩投放10000粒以上的要求散发到育苗棚里，几天后豆丹卵就会变成小豆虫爬到豆叶上，自然生长。"

刘兴昌还算了一笔养殖豆丹的经济账。他说大棚豆丹每年可养殖两茬，第一茬是三月初投苗，五六月份采收；第二茬是七八月份投苗，九月底采收。第二茬豆丹不仅可以当商品，还能用来育卵，当作第二年的种子，这样就能节省很多成本。每茬是35—40天的养殖时间，如果农民自己搞养殖，一亩地投入大约2000元，每亩可收豆丹130斤至150斤，按每斤最低的保底收购价格40元至80元，每个大棚每年可收入三至四万元。但从大豆种植到豆丹养殖的全过程，都得由专业人士进行技术指导，这样才能确保顺利收回成本并创收。

刘兴昌说着，给我们看了一份测定数据：豆天蛾幼虫的粗蛋白质量分数为65.5%（干重），其中必需氨基酸占总量氨基酸的52.84%，半必需氨基酸占9.70%；粗脂肪质量分数为23.68%，C162C18脂肪酸占总脂肪酸的99%以上，不饱和脂肪酸为64.17%，其中亚麻酸要达到36.53%。

"如果将豆天蛾幼虫与鸡蛋、牛奶、大豆相比，则豆天蛾幼虫表现出了较高的蛋白质、必需氨基酸及必需脂肪酸质量分数，尤其是C18：3亚麻酸含量高。同时，豆丹还含有丰富的钙、磷、铁和维生素B、维生素B2等多种人体需要的微量元素和营养因子。豆丹还具有降低胆固醇、防止高血压以及动脉粥样硬化、治疗胃病等特殊功效，是一种纯天然的绿色食品，也是一种具有地方特色的美味佳肴。"

想来，刘兴昌的脑海里一定展现着一幅美好的豆丹图画，这幅图画托举着的不仅仅是他自己，还有许多黄河滩区富裕起来的群众。

这时候，站在旁边的荀维玥接过话，说每年的六月份，就是大棚里豆丹喜获丰收的时候，来自连云港、周口、郑州、合肥、南京、临沂等地的收购商们排着地队抢购，还有的通过网上订货。

"这么一个小小的豆虫，高蛋白、低脂肪、营养价值高，再经过厨师的精心烹制，那鲜鲜的味道真叫一个绝哩！"刘兴昌说。

经过无数的变革，黄河滩区的发展真的要起飞了。

这起飞来自居民迁建，这起飞来自美好的时代。

多少年来，黄河滩区前行的路总是泥泞而沉重。每行进一步，总要伴随着苦涩的泪和惨重的血。如今，一只小小的豆虫竟将人们带进"富裕"生活。

在豆丹基地采访时，来自竹林新村的一位打工者告诉我，刘兴昌并不满足于现在的规模，他想让豆丹这种小虫在整个黄河滩区发扬光大，用他的话说，"虫小，命大，大到能够把天南海北的钱挣到黄河滩区里来"。

这样的雄心，是何等的价值连城！

王恩标主任也说，像刘兴昌这样的年轻人，在黄河滩区有很多，他们总想倾注自己的生命情感，让滩区改变，再改变。

创造本就是滩区人发自内心的一种力量，这力量又如一炷炷向着富裕之路焚烧的心香，袅袅紫烟能将开拓与幸福氤氲在一起。理想，美德，现实，未来，黄河滩区人多少年难以获取的东西，都在这个时代找到了。

28. 村台上的灯光

在东明县黄河滩区采访期间，我先后去到了 24 个村台和一个外迁社区，还有二十几个家庭和二十几个村庄，与无数的人聊过天。那些人中，有普通群众，有县级领导，有乡镇干部，有村支书，还有已经脱贫了的贫困户。

不久前，东明的朋友告诉我，为引导少先队员在实践中感受家乡的巨变，坚定青少年的"四个自信"，树立爱护家园、保护环境的意识，团县委组织沙窝镇中心学校、长兴集乡中心学校少先队开展了"滩区迁建梦正圆，美丽乡村我代言"主题系列活动。同学们寻访了长兴集乡东黑岗村 72 岁的老人张洪礼、许庄村 60 岁的高兰香。两位老人讲述了黄河滩区的历史情况以及时代的变迁。

滔滔黄河，肥沃土地，老村错落的民房，如今迁建的新村，无不深深刻在老人们的脑海中，这令老人们激动万分，老泪纵横。

朋友说，张洪礼老人始终在喃喃自语：谁没挣扎过？谁没抗击过？对于滔滔洪水，一介平民，怎能奈何得了呢？今天这样美好的日子，多亏了咱们的国家，咱们的党啊！

是啊，历史是探索过去和感知未来最明亮的眼睛。

一条大河从天而降，照亮文明之始，开启生命之源。平坦的东明县境，黄河在辛庄村外画下一个"U"形回环，又转过几个大弯，然后调头东去，直奔浩瀚渤海。而这留给东明黄河滩区的，却是一代又一代诉不尽、说不完的故事。

于是，很多人愿意倾听东明故事。

于是，很多人愿意讲述东明故事。

东明，一个"躺在黄河故道上的地方"。

风沙、内涝、盐碱，曾是这片土地千百年的伤痛。这土地记载着一个又一个被洪水冲击，被洪水逼迫，一再又一再迁徙的村庄旧址，目睹着昔日滩区人逃荒要饭的窘迫与无奈。

如今，终于被改变，终于在新时代的黄钟大吕中，洪水屈服，灾难退避。

如今，村台巍峨，洋房气派，欢声笑语，幸福安康。

这是居民迁建的功劳！

这是黄河滩区的福祉！

又是一个周六的上午，按照正常安排，是双休日的第一天。

我与记者朋友，再一次去到沙窝一号的大村台上采访。

沙窝，多么形象的称谓！在黄河滩区，关于"沙"的说法太多太多，比如沙化的土地，比如泥沙冲击的村庄，比如堆沙填坑，而一个乡镇竟然叫了"沙窝"，难免不令人遐想。

随着这样的遐想，朴素的情感荡漾在一片渐渐消失的黄河房台上。

对，是房台，不是村台。

房台很小，村台很大；房台是旧时代的房台，村台是新时代的村台，有着截然不同的意义。再放眼看一看周围，那些曾经被洪水浸泡过的老村庄，老房台，或者已经荡然无存，或者在人们的视线里飘摇着……

历史上的东明，黄河决溢改道频繁，自周定王五年（公元前602年）至1938年的2540年间，黄河下游决溢达1590次，较大的改道26次。平均三年两决口，百年一改道。在26次大改道中，有12次泛滥波及东明。

仅从清朝光绪元年（公元1875年）算起，至1938年花园口扒口的63年间，黄河在东明决口就达30个年份、51次，平均五年四次决口。

每一次洪灾过后，黄河滩区留下的都是满目疮痍，人们只能寄望于筑起高高的房台来躲避洪水。可以说，黄河村台，起源于先民避水而筑的高台，延伸于洪荒泛滥的鲁西南人民的生存变迁，并逐渐成为一种独特的黄河人文景观。

站在沙窝镇一号村台边的草地上，眼见着不远处几位放羊的老汉正赶着羊群缓缓而行。他们走着，不时抬起头来望望村台上正热火朝天建设着的小洋楼。看得出，他们心里有激动，也有释然。活在人世间，沧桑几十年，能够让他们激动不容易，能够让他们释然也不容易。他们一定在想，新时代来了，居民迁建来了，该是你的，挡都挡不住；不是你的，求也求不来。

在记忆里开始遗忘痛苦，在生活中开始享受快乐。

该过去的早晚会过去，而迎来的必是一个又一个充满艳阳的美好日子。

"1996年那次洪水之后，沙窝镇有几个村子搬迁到了堤东，也就是滩外，都是按照国家政策办的，房子是自建房，上级给每户补贴了六七千块钱，按照当时的经济条件，已经不算少了，可搬迁却没怎么成功，后来有的又都搬了回去……"

石英豪，原沙窝镇镇长，如今是东明县商务局局长，他曾在沙窝镇工作了16年，最知道滩区群众的疾苦，也最知道滩区群众需要什么。说起曾经的往事，他还是禁不住泪水涟涟。那泪水里，有激动，同样也有怀念。他说黄河滩区的群众不容易，能够有今天的幸福时光，全凭中央和地方的居民迁建工程实施得好。

打硬仗需要硬作风。

近几年，东明县将黄河滩区居民迁建作为压倒一切的政治任务，举全县之力，克服一切困难，在严把建设质量关的前提下，全力加快工程建设进度，确保如期完成居民迁建任务，确保按时保质、经得起历史检验。

"即便是这样，大家也依然怀念曾经战天斗地的岁月。有时候，就特别想去黄河岸边看河水东流，特别想带着自己的羊群在村外的树林里穿梭，和几个乡村朋友闲坐着，看天地间的云风，回忆年轻时小伙子的壮硕和姑娘们美丽的腰肢，或者当初的毛手毛脚，或者初嫁时的矜持……"

曾经在沙窝镇战天斗地16年的汉子，如今已不再年轻，但他说经历过曾经的岁月，有了如今村台上的时光，内心永远是温暖的。

时光流转，沧海桑田。

国家对黄河的治理稳步推进，成效愈来愈显著。

昔日桀骜不驯、水患肆虐的黄河，如今已变得像一条金色的飘带，在东明县境内蜿蜒而过。无论是滩区的老房台，还是如今的大村台，注定是要成为黄河流域人文景观中一道不可或缺的风景。某种意义上说，这是属于人类记忆的文化。这样的文化，会生成一种力量，激励着滩区群众用更大的创造力，稳稳

竹林新村漂亮的小洋楼

地托起"幸福梦"。

在沙窝镇一号村台,乡政府工作人员李铁臣一点点地介绍着整个居民迁建的情况。他说谁也没想到,居民迁建的关键时刻遇到了疫情,疫情要抗,村台要建,这一对矛盾体,成了建设者们一道难解的题。为此,县滩建调度会一次次开,强调滩区迁建不能停,工程进度不能拖,在做好疫情防控的同时立即开工。

"为确保村台建设有序开展,我们周密安排、强化措施,切实做好三个到位。一是人员情况排查到位,二是防护措施到位,三是坚持建档立卡到位。"

李铁臣说,目前,菜园集镇一号、二号村台,每天施工人员都至少有400人,一号村台有时候会更多些,比二号村台要多260多人。

在沙窝镇一号村台项目建设现场,我们看到塔吊升降转合、挖掘机来回穿梭,一片热火朝天的繁忙景象。李铁臣说,项目施工方抓得很紧,有时候整夜整夜地加班。

"你们没看到,夜晚的时候村台上灯光通明,从夜晚到清晨,都是一直亮着，一直热火朝天。"李铁臣说。

听着李铁臣的话，想象着深夜村台上的灯光，想象着夜空下的小洋楼，内心涌动出的关键词是"温暖"和"安全"。每一盏夜晚的灯，都像黑暗中闪光的珍珠，把村台变成皓光耀眼的银河。不对，是舞台，享受到幸福的滩区群众，在这温暖的舞台上过着安稳美好的日子。

黄河滩区的村台，表情灵动，有生气。

黄河滩区的小楼，创造着美丽新世界，诠释着脱贫的成色与质地。

这样想着，我环视着沙窝镇一号村台的四周，禁不住在心里感叹：黄河滩区的居民迁建工程是多么伟大的一项设计啊！

掷地有声，精巧而壮丽。黄河滩区的居民迁建能够让理想中的村庄落地开花，让群众的美好生活有了坚固的基石。黄河滩区的居民迁建激起的涟漪，看得见，摸得着，孕育着动人的美，越发辽阔，越发深远……

居民迁建完成之后的黄河滩区故事会更多。到时候，请说给中国听，说给世界听，说给未来听，说给你我听。